La chica
de los libros

Jesica Sabrina Canto

La chica
de los libros

ENIGMA EDITORES

*La escritura es un enigma
que aroma el salvaje misterio*

Canto, Jesica Sabrina

La chica de los libros / Jesica Sabrina Canto. - 1a ed . -
CABA: Enigma Editores, 2019.

148 p. ; 21 x 14,8 cm

ISBN 978-987-4939-27-2

1. Narrativa Argentina Contemporánea. 2. Novela realista.
I. Título.

CDD A863

Contacto con la autora:

jesicasabrinacanto@gmail.com

Edición y maquetación: Jesica Sabrina Canto
Diseño de portada: Alessandra Ferrazzano Pescara

Enigma Editores: www.enigmaeditores.com.ar
enigmaeditores@yahoo.com.ar

ISBN: 978-987-4939-27-2

Hecho el depósito que marca la ley 11.723

El acto humano es moral cuando se realiza con conocimiento y libertad.

Aurelio Fernández

Capítulo 1°:

9 de Diciembre - Día 1 (por la mañana)

¿Ese día? Era nueve de diciembre de 2017, diez y cuarto de la mañana. Ayelén viajaba en el subte B leyendo una biografía de Hemingway. En esos vagones nuevos, entre comillas, que tienen los asientos de plástico de a cuatro enfrentados. Que son una mierda, súper incómodos. No sé a quién carajo se le ocurrió esa idea, en los que estaban antes (bueno todavía los hay) en esos con el asiento largo contra el lateral del vagón, en esos entra más gente y hasta son más cómodos. Igual hace varios años que ya no viajo en transporte público. La ciudad es una pesadilla, el campo es otra cosa.

Volviendo al tema, la obsesión de Ayelén por la vida de los escritores siempre fue detestable, qué carajo importan.

Si no fuera por el aviso del maquinista de que la próxima estación era Pueyrredón, hubiera seguido de largo. Ni siquiera teniendo que hacer un trayecto que no conocía prestaba atención, la muy idiota. Guardó el libro en la cartera, entre la agenda, la libreta del C.B.C. y la botella de agua, mientras caminaba por el andén. Bien podría haberse comprado un neceser de maquillaje, pero ni le importaba andar a cara lavada.

Recién al subir a la calle abrió la aplicación del Google-maps y buscó la ubicación de la Facultad de Psicología de la U.B.A., en medio del mar de gente que atestaba Once. La última vez que había ido fue para su fiesta de quince, para comprar los souvenirs y demás boludeces. Habían terminado a los gritos, como dos locas, con su mamá. No sabría decir cuál de las dos tenía peor carácter. La noche mágica, que pelotudez, la mitad de los invitados no los veía desde el bautismo. A mí que no me jodan... no pienso hacer el paripé con nadie.

Caminó por Pueyrredón las tres cuadras hasta Plaza Miserere con el teléfono en la mano. Idiota, tuvo suerte de que no se lo robaran. Ya no estaban los puestos que atestaban las veredas, de los que su vecina, que se graduaba ese día, se vivía quejando. El cambio de gobierno los había hecho volar. Los policías andaban por ahí, pero eso, en este país, no es garantía de nada.

Esa chica era un desastre. Iba con la vista en el teléfono y chocó con una mujer, con falda y camisa como de abuela, aunque por su rostro no pasaba de los treinta y cinco. No sé si sería amish, judía, musulmana, o qué carajo pero, con esa ropa, de coger seguro que no. Ayelén ni siquiera pudo reaccionar a tiempo para disculparse antes de que la mujer hubiera desaparecido. Apuró el paso al rodear la plaza. Ver a la gente con sus cartones y bolsitos durmiendo ahí la hizo sentir inquieta, era una ingenua que quería creer que el mundo era como en las películas de Disney. Disney de mierda, que transformó las geniales historias de los hermanos Grimm, todas sádicas, en cuentos de "felices para siempre" que no existen en el mundo real.

Ayelén era impresionable, cuando se rompía su burbuja de fantasía, se quedaba como estúpida. Mientras esperaba que cortara el semáforo en Avenida Rivadavia y La Rioja, en la esquina de la plaza, no sé por qué, giró la vista hacia un costado y vio a un nene de no más de ocho años con los pantalones bajos cagando junto a un árbol. De milagro no le dio un ataque cardíaco. La muy idiota se quedó paralizada como una estatua, mientras la gente comenzaba a cruzar la calle en tropel. "Pendeja, movete", la voz de un hombre que la empujó hacia un lado la hizo reaccionar, pero igual parecía como un zombi. Era para darle una cachetada. Si, flaca, ésta es la realidad.

Entró al negocio de bazar que estaba en la esquina paseándose frente a los estantes como si estuviera drogada. Una empleada le preguntó si buscaba algo y no le dio pelota. Era como si la imagen del nene cagando le hubiera trastocado el cerebro. Reaccionó solo cuando el teléfono le vibró en la mano. "Che, venís no? Ya estamos acá!", leyó el mensaje de whatsapp de Claudia. Y ahí encontró la excusa para borrar la imagen de su mente. "Plaza Miserere", escribió. Siempre hacía esas cosas, como si se reseteara, para evitar pensar en lo que no le agradaba. No entiendo por qué creía que la inocencia la protegía, es una idiotez eso. Bueno, así le fue, la inocencia no le sirvió para un carajo.

El Google-maps le decía que caminara derecho hasta Independencia, pero su amiga había insistido que hiciera Rivadavia hasta General Urquiza y que bajara por esa, por el "corredor seguro". Ni falta hace que diga que Ayelén no le prestó atención a la justificación de por qué hacer un camino más largo. Seguro que si sus amigas le decían que se tirara por la baranda del puente de General Paz y Superí, lo hacía sin preguntar por qué. Es una exageración... pero no tanto; ha tomado de vasos que le ofrecieron sin preguntar si era jugo o veneno. La sacó barata, hasta ese momento.

Siguió la indicación de Claudia y cuando llegó a la esquina de Avenida Belgrano, volvió a mirar la aplicación del teléfono mientras esperaba para poder cruzar. Frente a ella había una estación de servicios y en la cuadra contigua un cuartel de bomberos, luego de cruzar pasaría frente a una estación de policía y el Hospital Ramos Mejía, según la indicación que le había dado su amiga.

El semáforo de la avenida se puso en amarillo, ella dio un paso para cruzar, pero no llegó a pisar el asfalto. Dos brazos la sostuvieron de pronto. Una mano con un pañuelo gris le tapó la boca y la nariz. Otro brazo le rodeó la cintura. Su vista se volvió borrosa. Las construcciones y los autos se fueron desdibujando. Los sonidos del tránsito fueron enmudeciendo. Se mareó y se sintió desvanecer.

Eso es todo lo que puedo contar de ese hecho.

Capítulo 2°:

9 de Diciembre - Día 1 (por la tarde)

¿Qué sucedió después del secuestro? No sé cuánto tiempo pasó hasta que Ayelén despertó. Tardó en darse cuenta de que estaba en el interior de una camioneta. Era una de esas relativamente chicas, blancas, que se suelen usar como fletes.

Parecía como si tuviera resaca, estaba mareada y no entendía lo que había ocurrido. Ella nunca fue de tomar, y cuando lo hacía con un vaso de cerveza quedaba tonta, se sentaba en una silla y permanecía ahí con los ojos cerrados. Era patética. Ni siquiera era capaz de reconocer un buen vino, y dejaba pasar, sin probar, el Antucura que su tía materna traía para cada navidad. No podés tener frente a vos un vino de alta gama y no aprovecharlo. Incluso el olor ya la asqueaba. Me altera solo pensarlo, que pendeja estúpida que era.

El interior de la camioneta tenía las ventanas tapadas con vinilo negro por el lado exterior, pero un resquicio de luz se colaba por los contornos de la puerta trasera. La cabeza le dolía y sintió nauseas al intentar incorporarse. Sentada contra uno de los laterales la abrumó la incomprensión de donde se hallaba, qué había ocurrido… En fin, los minutos pasaban y no se daba cuenta de nada. La sensación de un brazo sujetándole la cintura con fuerza hizo que se llevara la mano a sus costillas. Ya nadie la sujetaba, pero la sensación persistía. Su capacidad de reacción dejaba mucho que desear, la verdad.

Estaba sentada mirando en derredor con la vista abstraída, como si no estuviera realmente allí. Su cartera no estaba a la vista, en el pequeño espacio en el que se encontraba los únicos objetos eran la goma de una rueda, una de esas herramientas en forma de cruz que se usa para desenroscar las tuercas de las llantas, y en un rincón una manta manchada de grasa. Nada tenía sentido en ese momento para Ayelén. Sí, puedo concederle que estuviera en shock, pero es que no era precisamente lo que se dice, una persona lúcida.

Su mamá tenía un sueldo medio de secretaria y a su papá lo habían despedido unos meses atrás, cuando la fábrica en la que trabajaba quebró y se fue del país. ¿Qué podían querer de ella? Si se hubiera dado cuenta de la respuesta, se hubiera esforzado por escapar cuando sintió que el vehículo se detuvo por largo rato en una estación de servicio. Digo... si hubiera prestado atención a los diálogos exteriores hubiera sabido que se hallaba en una YPF.

Se abrazó las rodillas y apoyó la cabeza contra la chapa blanca, temblando. Andá a saber que pensaba en ese momento. Somos muy diferentes, así que ni siquiera puedo inferirlo. Era la época en que los noticieros y demás programas periodísticos (que Ayelén solo escuchaba a fuerza de que su papá ponía la tele a todo volumen durante la cena) hablaban de robos, incautaciones de drogas, inflación, desempleo y, sobre todo, política. Incluso, aún seguían dándole vueltas a la entrevista de Cristina con Luis Novaresio en septiembre.

Hacía tiempo que no se escuchaba nada sobre secuestros. Habían pasado ya años del caso Blumberg. Recuerdo que la muy idiota se había asustado cuando sus papás se sumaron al cacerolazo masivo organizado por el padre del chico. En fin, seguía acurrucada en la camioneta llorando como un cachorro asustado.

Recuerdo el caso Blumberg. El chico tenía pocos años más que Ayelén cuando la secuestraron. En la televisión habían dicho, en ese entonces, que al hijo del empresario le habían cortado las falanges de una mano con una tenaza. Ella no hubiera soportado algo así, era demasiado débil, hubiera muerto solo de la impresión. Más que pena me da vergüenza, lloriqueando hasta el hartazgo. ¿Cómo podía tener tan poco orgullo? Escondía el rostro junto a las piernas dobladas y dejaba que la angustia la dominara. Eso era totalmente inútil, llorar no la iba a ayudar a sobrevivir.

Una frenada abrupta la sacó de su letargo horas más tarde. Se restregó la cara con el brazo y se enroscó el pelo castaño, largo hasta la cintura, con una banda elástica que tenía en la muñeca. Tanto se esforzaba por creer que aquello era solo una pesadilla que no prestó atención a lo que el movimiento del auto podía decirle. Avanzaba rápido y continuó sin detenerse ni bajar la velocidad, era evidente que viajaban por la ruta. Cada tanto los baches en el camino la hacían saltar. Las rutas en mal estado son una plaga en el interior del país. Nos pese o no, el gobierno militar le dio bola a ese tema. No es que sea pro-dictadura, pero en ese contexto uno sabe que si está del lado correcto no tiene que hacerse problema por nada.

En cuanto al recorrido que hicieron, ella ya lo conocía. Había pasado los veranos desde que estaba en la panza en Entre Ríos, y siempre viajaba en el auto familiar con su papá al volante, pero, tras el secuestro, estaba demasiado ocupada en llorar como para notar las similitudes en los movimientos del vehículo impuestos por las irregularidades del pavimento. La camioneta disminuyó la velocidad y dobló a la derecha, era imposible no darse cuenta que habían entrado en un camino de tierra. Bueno, no le doy más vueltas... no se dio cuenta y punto. Es absurdo intentar pedirle peras al olmo. Es que me supera, ¿Cómo podía ser tan débil?

Los minutos transcurrían, Ayelén observaba la línea de luz que se colaba por la unión de las puertas. Se acercó a gatas. Empujó la puerta, ¿en verdad creía que no estaría trabada desde afuera? Recorrió con la vista su alrededor, se estiró para tomar la llave en cruz e intentó introducir el fierro en la abertura. El fracaso estaba cantado, pero en ese momento no le daba la cabeza y siguió "intentando".

Un nuevo bache, más pronunciado, la hizo saltar golpeándose la frente con la herramienta que tenía en las manos. Seguía restregándose el lugar del golpe cuando el vehículo se detuvo. Volvió a avanzar y detenerse. La puerta se abrió desde afuera.

Un garaje gris y una luz tenue le dieron la bienvenida.

—Bajá.

Retrocedió al ver a su secuestrador, un hombre de mediana estatura y hombros anchos la esperaba tras la puerta blanca de la camioneta. No quería mirarle el rostro y su vista se fijó en el arma que él sostenía con el brazo lánguido al lado de su cuerpo.

—Dale, bajá.

Estaba muerta de miedo, como los cachorros que saben que les espera una paliza. Pero el cañón del arma apuntándole directamente hizo que se moviera. Bajó sentándose en el borde, dejando que las piernas colgaran antes de apoyarlas en el piso de material y pedirles que sostuvieran el peso de su cuerpo.

El secuestrador se hizo a un lado indicándole que bordeara la camioneta. Allí había una puerta, con un felpudo de mimbre en el piso. Él, detrás de ella, estiró un brazo para mover la manija hacia abajo, casi rozando el rostro de Ayelén. Llevaba jeans oscuros y el revólver era negro. Una camisa celeste y azul a cuadros le daba un aire de campesino, más bien de las películas y series que transcurren en zonas rurales de Estados Unidos. Ayelén tuvo el impulso de mirarlo de frente, conocer los rasgos de su captor. No lo hizo. Era cobarde hasta para eso.

Sintió el tirón cuando el hombre la agarró del pelo.

—Caminá.

Entró a la casa siendo empujada, con su cabeza hacia atrás por el agarre. El techo era blanco, decorado por varias lámparas colgantes en espiral. Hacia la derecha, una alacena de melamina color ébano ocupaba toda la parte superior de la pared. Se golpeó los dedos de los pies contra las patas de metal de unas banquetas mientras avanzaba a tientas guiada desde atrás a empujones.

—No intentes nada.

Le soltó el pelo, pero la acorraló contra la pared con el cuerpo. Él sacó una llave de un bolsillo y la colocó en la cerradura de una puerta corrediza disimulada tras la cocina. Giró la llave y abrió el paso a un pasillo de un blanco viejo mucho menos iluminado que el resto de la casa.

—Entrá.

La muy idiota no se movió, ni para obedecer ni para intentar escapar. Él la empujó con fuerza y cayó al piso en cuatro patas. Es gracioso, esa imagen sería una buena fotografía en blanco y negro, o mejor, la escena narrada con la maestría de Arlt sería sublime.

Ayelén, con el pecho latiendo fuerte, se puso de pie de prisa, por temor, mientras él cerraba la puerta con llave del lado de adentro.

Capítulo 3°:

9 de Diciembre - Día 1 (por la noche)

¿Dónde la tuvo encerrada? Ayelén temblaba cuando él la arrojó dentro de una habitación minúscula. Cayó de cara contra un colchón viejo que olía igual que los indigentes que duermen en la calle. Su pelo se había soltado desparramándose por todos lados. En mi opinión, tener el pelo largo hasta la cola es algo infantil, absurdo en alguien mayor de dieciocho años. Pero ella nunca pisó una peluquería. De chiquita su tío abuelo se lo cortaba una vez al año cuando venía de visita desde Estados Unidos. Después de que él murió no volvió a cortárselo. Ni siquiera aceptaba que alguien se lo sugiriera, se hacía la tonta, la que no escuchaba.

Se incorporó despacio luego de escuchar como el secuestrador cerraba la puerta con llave desde el lado de afuera. Cuando ya no hubo sonido de pisadas, se abalanzó sobre la puerta y se afanó en tirar de la manija. No sé cuánto tiempo estuvo así, mientras lloraba mordiéndose los labios. Estaba inmersa en una desesperación silenciosa. Se la veía tan desvalida que casi me compadecí de ella por unos instantes. Sus lágrimas eran inútiles, si al menos luego de desahogarse se hubiera puesto a pensar, a tramar un plan, una estrategia, a intentar comprender que quería ese hombre de ella, entonces no me molestaría que hubiera llorado. Pero no fue así. No pensaba, solo se hundía en sus emociones que ni siquiera lograba entender.

Apoyó la espalda contra una de las paredes dejándose resbalar hasta quedar sentada. Levantó la vista, pero sin mirar. Había una rendija de ventilación, pequeña, con el marco de metal oxidado y cubierto de telarañas a una altura superior a la suya. De allí entraba la única luz que ya se había hecho escasa. Se había agotado de tanto llorar. Jamás voy a poder comprenderla. No había cosa más inútil que pudiera haber hecho que ponerse a llorar. En una situación en la que estaba en desventaja, llorar la volvía aún más débil.

La habitación era fría. El ambiente producía una sensación irreal. Debía ser la densidad del aire del verano. Ayelén seguía inmóvil, acurrucada con las piernas dobladas hacia sí, sobre el colchón gastado y la espalda contra la pared. Yo no podía más que preguntarme cuánto tiempo seguiría en ese estado de letargo.

No tenía sentido auto-compadecerse. Inimaginable que Jane Eyre se hubiera quedado llorando y compadeciéndose. Hay que tener huevos en la vida. Ayelén no tenía idea de lo que es pasarlo mal de verdad.

Su reloj de muñeca marcaba las siete cuando unos golpes abruptos sobre una superficie de madera la hicieron abrir los ojos y levantar el rostro con la respiración contenida. Una y otra vez se repetía el sonido al que se sumabangritos desesperados que no conformaban palabras.

—¡Silencio!

Era la voz de él, ella pudo identificarla. Los golpes y gritos cesaron. Se escuchó una puerta abrirse.

—¡A ver si aprendés!

Otra vez él. Volvieron a escucharse golpes, pero esta vez no eran contra la madera. Otra vez los gritos, pero diferentes, más desgarradores. Y un llanto ahogado, que era de mujer. Ayelén se tapó los oídos con las palmas de las manos, haciendo presión, esforzándose por no escuchar. Qué otra cosa cabría esperar de alguien como ella.

El segundero continuaba moviéndose, la luz que entraba por la rendija iba atenuándose. El tiempo pasaba lento y la realidad se iba haciendo notar, ya no podía intentar autoconvencerse de que eso era solo una pesadilla. La cerradura cedió y la puerta se hizo a un lado. Una bandeja con comida fue depositada en el piso junto al colchón.

—El reloj y lo demás.

Ella levantó el rostro para encontrar que los ojos verdes del hombre la miraban desafiándola a contradecirlo. Vio como él alargaba el brazo hacia ella reiterando con ese gesto su pedido. Se sacó el reloj, los tres anillos y apenas inclinándose hacia delante los puso sobre la palma de la mano del secuestrador.

—El collar.

Ayelén se llevó los dedos al cuello para desabrocharse la cadena fina de plata con un dije con su nombre. Se la había regalado su abuela para sus quince, cuatro años antes.

—Comé.

Él abrió la puerta para marcharse.

—Necesito ir al baño.

Las palabras salieron temerosas de sus labios, casi imperceptible. Desconozco que pasaba por su mente en ese momento, para mí era insensato mostrarse tan frágil en una situación así.

—Te traeré una botella.

—Gracias.

¿Educación? ¿Acto reflejo? ¿Temor? ¿Locura? Anda a saber por qué carajo dijo "gracias". Recuerdo que cuando tenía siete años, solía negarse a comer verduras y su mamá la encerraba en el baño durante horas. Ella gritaba y aporreaba la puerta, pero era ignorada hasta que pudiera mostrar el plato vacío. Una vez se le ocurrió tirar las verduras por el inodoro, pero el ruido de la cadena la delató y la paliza que recibió fue sublime.

Capítulo 4°:

10 de Diciembre - Día 2

¿En qué gastaba su tiempo? Ayelén se despertó con el canto de un gallo, la luz comenzaba a colarse tímida por la rendija en la pared. Estaba acurrucada sobre el colchón sucio. Se quedó recostada mirando el techo. No tengo claro qué pasaba por su mente en ese momento. Es difícil de explicar, estaba como aletargada. Como si tuviera la mente vacía, ida. Como si estuviera drogada. Era un ente que apenas se movía, que no hablaba ni pensaba. Un cuerpo vacío. Al menos no seguía llorando, eso ya era un avance. No sé, al menos para mí. Sus lágrimas me ponían de los pelos, me exacerbaba la impotencia. En su tranquilidad, al menos yo sí podía pensar.

Así estuvo horas, absorta en la nada, con la mirada perdida. Supongo que podríamos equiparar esa nueva actitud a la eterna espera del coronel, una falsa esperanza que ayudaba al personaje de García Márquez a levantarse cada mañana. Fue Premio Nobel del '82, y esta novela que te digo, *El coronel no tiene quien le escriba*, para mí, es lo mejor que escribió. Pero si se lo menciona, la gente solo piensa en *Cien años de soledad*, la verdad no la leí, ni me interesa. Prefiero los libros que no son tan reconocidos, ahí es donde uno encuentra verdaderos tesoros.

Volviendo a Ayelén, ya sé que recién era el segundo día, que todavía podía estar en shock, pero cría fama y échate a dormir. Podría decirse que la conocía mejor que nadie, y ni que hablar, que ella misma. No era auténtica para nada, se mentía todo el tiempo. Cuando algo no le agradaba procuraba ignorarlo, como al nene cagando en Plaza Miserere.

Los gritos comenzaron otra vez, colándose por la ranura debajo de la puerta cerrada. Ayelén dirigió la vista hacia allí y se acercó a gatas. Apoyó la espalda contra la pared mirando fijo la superficie de madera en diagonal frente a sí misma. ¿Por qué lo hace?, se preguntó. Recordaba los ruidos del día anterior, estaba segura que el hombre le había dado una paliza a la mujer ¿por qué insistía en gritar? Le dolía la garganta como si fuera ella la que provocaba el griterío. Ayelén no era capaz más que de quedarse callada. Ni capaz de entender que ella era el patito raro, que lo normal si te secuestran sería querer tirar la puerta abajo, intentar escapar de cualquier forma.

La puerta se abrió. Él se agachó para dejar un vaso de leche frente a ella. Sus rostros quedaron un segundo a la misma altura y ella se vio reflejada en los ojos de él. Agarró el vaso con ambas manos y se lo llevó a los labios. La leche estaba fría y tenía gusto amargo, pero eso no le impidió terminarlo. Los párpados se le fueron cerrando y los gritos de la mujer cada vez quedando más lejanos.

Despertó recostada sobre el colchón vencido, con un hilo de baba chorreándole de la boca. Levantó la cabeza, pero se sintió mareada y volvió a acostarse. No recordaba cómo había llegado allí. Estaba en una pose extraña para dormir, como si hubiera estado posando para ser fotografiada. Se llevó una mano al pecho para rascarse y la respiración se le hizo más lenta, casi haciéndola sentir que se ahogaba, al descubrir que su camisa sin mangas estaba desabrochada dejando a la vista su corpiño de encaje blanco. Se palpó aún recostada, temiendo lo que descubriría. Su pantalón verde pastel tenía el primer botón abierto pero el cierre seguía cerrado. Tardó en recordar que aquella prenda estaba fallada, que sólo ella podía hacer que el cierre quedara trabado. Esos segundos le parecieron horas. Él no habría podido volver a cerrarlo si se lo hubiera bajado.

Ayelén era virgen, aún no había cogido con nadie. Había tenido un novio por cuatro años durante la secundaría, pero como ella se negó a complacerlo, el chico optó por satisfacerse con la puta del grado. Cuando los rumores llegaron a Ayelén, hizo un escándalo de la gran siete, y la relación se acabó. Qué pretendía, que la esperara, ¿en qué siglo se creía que vivía? Se jodió, el flaco ese estaba bárbaro, una vez que terminaron todas sus "amigas" se le fueron al cuello. Ella era la única estúpida inocente, aún me pone de los pelos pensar la oportunidad que desperdició, era la envidia de todas y pasó a ser de la que se burlaban en la cara y ella ni se daba cuenta.

Mmmm...

Me quedé pensando en la puta del grado, esa mina también era patética. En una ocasión le hizo una paja a su compañero de banco en medio de la clase de historia, fue tema en los recreos durante un mes. En todas las fiestas se encerraba en el baño con alguien, después terminaba borracha sin poder mantenerse en pie y le agarraba ese pedo depresivo que la hacía llorar desconsolada porque nadie la quería. Recuerdo que un día gritó a viva voz, en medio del patio en el recreo, que ella solo tenía orgasmos cuando le colaban los dedos. Alta sanción se comió, pero eso no hizo que cambiara.

Ayelén contempló la luz que entraba por la abertura en la pared mientras el mareo remitía. Se fue incorporando despacio. En una bandeja cerca de la puerta había comida, se quedó contemplándola, sentada sobre el colchón con las piernas dobladas junto al pecho. Era una lucha contra su cuerpo. Volvió a utilizar la botella que había dejado en un rincón para orinar como la noche anterior, con la misma vergüenza. Era increíble, no sé por qué le daba vergüenza si nadie la veía.

Se acercó al plato. Tenía hambre. Tomó con los dedos una de las zanahorias y se la llevó a la boca con temor. No tardó mucho en acabarse la sumatoria de verduras crudas que él le había dejado. Ayelén era de esas personas que detestaban estar encerradas. Cuando llovía y pasaba todo el fin de semana dentro se ponía de mal humor. Estar sola le estaba resultando extraño, no estaba acostumbrada. En su casa siempre había alguien en la cocina, el patio o las habitaciones. Los amigos de sus hermanos más chicos entraban y salían todos los días, el sillón solía ser una montaña de guardapolvos y mochilas gastadas. Siempre estaba encendida la tele o la radio, sumado al sonido de póker que su papá jugaba en internet desde que se levantaba hasta la noche pensando que conseguiría ganar dinero de esa forma.

Yo estaba más acostumbrada al silencio y al encierro, pero ya comenzaba a hartarme. Mas en esta situación donde esta pendeja mimada no sabía cómo actuar. La impotencia me encolerizaba. Pero tengo autodominio, sino no hubiera podido conseguir lo que conseguí. Aunque un poco de fuerza sí utilicé, al que no se hace valer lo pasan por encima. La clave es saber cómo te parás frente a cada persona, "cada loco con su tema" dicen, bueno, es lo mismo. A cada quien hay que tratarlo adaptándose a su personalidad y al final uno consigue lo que quiere y tiene el control, aunque el otro crea que es el que gobierna. Es como esos casos de antes donde los hombres creían que mandaban en su casa, pero que se terminaba haciendo lo que la mujer quería y ni se daban cuenta.

Pero me estoy adelantando, volvamos a Ayelén, a ese momento. Escuchó la puerta corrediza de madera abrirse. Cerró los ojos concentrándose en el tintinear de las llaves que se iba acercando, la llave que entraba en la cerradura y giraba dos veces.

—Arriba.

Se lo quedó mirando un instante, tenía la barba sin rasurar y ojeras oscuras. Una parte de ella se resistía a obedecer, pero yo sabía que de no hacerlo él la golpearía. Utilicé toda mi paciencia y capacidad de persuasión. Se puso de pie y lo siguió por el largo pasillo apenas iluminado por una lamparita amarilla que colgaba de los cables en el techo. Fue un gran logro, quizás el más importante, ya que era la primera vez que me obedecía.

Él se detuvo junto a una puerta abierta y le hizo una seña para que entrara. Un baño. La euforia se apoderó de ella, aunque su cuerpo permaneció paralizado. Dio un paso adelante y abrió la canilla y se lavó la cara como si hiciera años que no tuviera la posibilidad de hacerlo. La bacha era beige, ya carcomida, con los accesorios de metal y las juntas enmohecidas al igual que el inodoro. La ducha no tenía cortinas ni había con que secarse, pero era un baño. Para ella era un pequeño resquicio de dignidad humana. Me indignó que se entusiasmara tanto por algo tan pequeño, pero a mí también me alegraba. Había esperanzas de tramar un plan.

Capítulo 5°:

15 de Diciembre - Día 7

¿Qué estaba dispuesta a hacer? Los días transcurrían, sólo distinguibles por la presencia y ausencia de los rayos del sol a través de la abertura en la pared. Ayelén se pasaba el tiempo absorta en la nada, mirando el techo. Cubriéndose los oídos con las manos para opacar los golpes y gritos de la boluda de enfrente. Apenas si miraba al secuestrador cuando iba a dejarle la comida o la conducía al baño. No se atrevía a dirigirle la palabra, como si el hombre le fuera a pegar solo por hablarle. Era demasiado absurdo su ensimismamiento. Yo quería convencerla de que le hablara, para intentar tantearlo y obtener alguna información útil para armar una estrategia que nos sacara de esa pocilga. Pero parecía como si Ayelén se hubiera vuelto sorda, no había manera de que reaccionara. Decidí ignorarla, no hablarle más, hasta que le encontrara el talón de Aquiles.

Despertó de la siesta por la tarde, aún el sol no se ocultaba, pero había pasado ya la intensidad del mediodía. El ambiente estaba cargado por una sensación de temor, el silencio reinante parecía una sentencia. Creo que fue en ese momento cuando comenzó a entender en dónde estaba metida y lo que le esperaba. El silencio fue una constante con el paso de las horas. La ausencia de ruidos de golpes y gritos de forma tan repentina la hizo pensar en su situación de manera racional por primera vez en esos días. Vamos, que empezó a usar la cabeza, que hasta entonces tenía de adorno. Las preguntas sin respuestas se le agolpaban en la mente. En ese silencio frío y por completo vacío, la escuché considerar sus opciones.

Miraba la puerta y la precariedad de su refugio. Por primera vez en su vida pensó en apostarlo todo. Me reí estridentemente. No era algo esperable en ella. Ayelén era una chica que jamás se hubiera atrevido a un salto al vacío en paracaídas. Una sola vez se subió a la montaña rusa en el Parque de la Costa por insistencia de sus amigos, y lo odió. Supongo que el gusto por la literatura es lo único que tenemos en común. Yo sin duda me tiraría de un acantilado al mar, o sólo sujeta de un arnés elástico desde un puente en medio de las montañas.

A la distancia distinguió el sonido de la madera deslizándose hacia un lado, los pasos por el pasillo, el tintineo de las llaves y la cerradura al abrirse. Se negó a mirarlo, escondiendo su rostro entre las piernas. Su actitud me exasperaba. Pero no podía hacer nada en ese momento. Sólo al escuchar la puerta cerrarse levantó la vista en búsqueda de la comida, pero tras el plato estaban un par zapatillas blancas y el jean oscuro. Se quedó quieta, mirando la cena y la parte inferior del cuerpo de él apoyado contra la pared. Allí comencé a susurrarle una idea. Sólo tras el abandono y desvalimiento sufridos fue capaz de aceptar mi consejo.

Ayelén sentía los latidos de su pecho y escuchaba su respiración de una forma irreal. El zumbido de una mosca y el soplido del viento en el exterior le eran perceptibles, pero ajenos. Lo que estaba por hacer era tan jugado como la conversación en *Esa mujer*. Pero ella no era un ícono de la política. Y Walsh no escribiría una ficción indagando su desaparición. Apostaría a que su familia ya dejó de buscarla. Por ese entonces, yo hubiera estado feliz de librarme de ella. Era muy irritante en demasiadas ocasiones.

Vio las zapatillas levantarse del piso, las piernas en-fundadas en jean moverse el paso de distancia que había hasta la puerta. Desde sus pulmones un grito subió hasta sus labios.

—¡Esperá!

Se sorprendió ella misma al gritar. Y yo sentí ganas de abofetearla por la torpeza. Se acercó hasta quedar arrodillada frente a él. Con la cabeza a la altura de la entrepierna. Levantó la vista y observó sus facciones. El rostro del hombre parecía inasible, no le ofrecía nin-guna respuesta. Pero sus brazos se movieron, sus de-dos largos y huesudos desabrocharon el botón del pantalón y deslizaron el cierre hacia abajo. Tuve que tratarla con delicadeza, hacer acopio de paciencia pa-ra conseguir que me obedeciera. Ayelén cerró los ojos y apretó las manos en un puño, inspirando, sintiendo el aire llenar su pecho, antes de decidirse a hacer lo que yo le sugería. Le fui susurrando cada paso, como usar las manos y la lengua, animándola a pensarse a sí misma como la protagonista de una novela de Amanda Quick.

No pudo tragarlo todo, terminó escupiendo sobre el piso. Pero le concedo mi respeto por haberlo logrado.

Aunque fue torpe como ella sola, y más antipática que una enfermera luego de un doble turno.

—¿Podés traerme un libro?

Pronunció las palabras con la voz más suave que le salió, con timidez, mientras él salía y volvía a cerrar la puerta con llave desde afuera. Se quedó afectada, pero no me importó, la verdad. Estaba ocupada regocijándome en mi triunfo. Y planeando, al saber que podía conseguir que me obedeciera.

Capítulo 6°:

23 de Diciembre - Día 15

¿Obtuvo el libro? Ayelén contemplaba la telaraña en una esquina de la pared. Seguía cada novedad con actitud expectante: cuando los insectos quedaban atrapados, el proceso de envolverlos y el festín de la cena ya lista. Siempre había sentido asco de las arañas y ahora le daban envidia, eran libres de tejer y destejer a su antojo, y podían adentrarse por las rendijas de ventilación. Era una estupidez que concentrara la atención en una araña. Si quería matar el tiempo había cosas más interesantes en las que pensar. Y más prácticas. Intentar comprender el silencio de él no era una obsesión vana, yo me esforzaba por descubrir algo que pudiera ayudarnos, en lugar de contemplar como tonta una araña.

Escuchó los pasos acercándose por el pasillo, la llave en la cerradura y el raspado de la puerta por el suelo al abrirse. Cerró los ojos y se quedó inmóvil abrazada a las piernas, sentada contra la pared como estaba. Escuchó el ruido metálico de la bandeja contra el piso. No se movió ni abrió los ojos. Se negaba a mirarlo. Yo me hubiera plantado frente a él y le hubiera mostrado carácter, para que viera lo que se perdía por tenernos allí encerradas. Pero Ayelén había vuelto a ignorarme, no podía hacer nada. Necesitaba de ella como intermediaria, no podía ponerme de pie sin su ayuda.

Ella había pasado los últimos días ignorándolo. Al menos actuaba por inercia frente a su exigencia. Se acercaba a él y cumplía con lo que le pedía cuando lo escuchaba bajarse el cierre del pantalón. Yo estaba siempre ahí, susurrándole al oído, diciéndole que no pensara en lo que estaba haciendo, que solo lo hiciera. No sé si verdaderamente me escuchaba, pero realizaba la tarea tal cual le había enseñado la primera vez.

Ayelén quería reclamarle, golpearlo, exigirle que cumpliera su parte del acuerdo, pero su sentido de traición la abrumaba tanto que se le hizo difuso saber qué era lo que él debía darle. Yo había comenzado a tenerle cariño, y a sentir pena por ella, aunque aún me irritaba sobremanera. Pero aborrecerla no contribuía a la situación de mierda que estábamos viviendo. La monotonía del encierro y el silencio constante le afectaba más de lo que quería admitirse. Sentía miedo de perder la cordura, de empezar a golpear la puerta y gritar desesperada sin importar el castigo como la mujer que había estado viviendo al otro lado del pasillo. Yo, obviamente, no dejé que lo hiciera. Intentaba calmarla. Volverla más fuerte. Que abandonara la sensiblería. Pero no me escuchaba. Perdí la paciencia. Esa pendeja idiota no me prestaba atención. Me exasperaba. Terminé gritándole al oído. Pero ni bola, tampoco.

La puerta se cerró. Ayelén levantó la vista, contemplando la pared opuesta. La mancha de humedad frente a ella parecía un rostro desfigurado, un demonio que quería salir al exterior: dos círculos asimétricos de pintura descascarada como los ojos y una espuma blanquecina formada por hongos delineaban la boca. La figura la escrutaba amenazante y ella le sostenía la mirada. Un pacto con el diablo le parecería una buena opción si supiera cómo invocarlo. Quería evadirse. Otra vez. Yo no soy tan ingenua para creer en demonios. Pero si leemos la mitología en clave literaria es fascinante, e incluso uno puede reírse de la ingenuidad de las personas de la antigüedad. La historia de la inquisición me fascina. Era un disparate que pudieran creer en brujería. No hay forma más simplista e irresponsable de ver la vida, si las cosas salían mal era porque un ser perverso andaba cerca y los había maldecido. A mí eso me parece absurdo e interesante a la vez. La discriminación a su máximo exponente, cualquier persona con una marca de nacimiento, quemadura o lastimadura era señalada como servidora de demonios. Los quemaban en la hoguera o les clavaban estacas en el corazón después de muertos. Las novelas de la Edad Media siempre fueron mis favoritas, el catolicismo contra el paganismo, y a ver quién es más sádico. Los modos de tortura, no te das una idea las cosas que se les ocurrían.

Me fui de tema otra vez, volvamos a Ayelén.

Un repiqueteo cada vez más intenso comenzó a sonar en el exterior. Una briza fría entraba por la ventana pequeña de ventilación. La lluvia se imponía cada vez más estridente en compañía de los truenos. Ella se acarició los brazos, anhelaba sentir el agua cayendo sobre su piel. Así divagaba su mente, con ideas absurdas, pensando en bailar bajo la lluvia como en las películas. En la realidad, los golpes del agua sobre el rostro son molestos. Y la ropa se vuelve pesada. Luego uno se enferma. La escena romántica en la pérgola bajo la lluvia en la *Novicia rebelde* es una utopía del cine. Aunque es una buena película, es muy irreal. ¿Hacer ropa con las cortinas de la habitación? Alguien en la historia hizo eso alguna vez.

En fin, Ayelén divagaba, al menos no lloraba. Hacía ya tiempo que no la había vuelto a escuchar llorar, era un alivio que esa etapa hubiera quedado atrás. Con la cabeza ladeada contemplaba un pequeño fragmento de nubes gris. Contaba los truenos como si fuera un juego infantil, como si fuera a tener una recompensa por ser la primera en llegar a diez. Los párpados comenzaron a pesarle y se entregó a la idea del sueño con el arrullo de la lluvia.

Se acercó a la bandeja al pie del colchón para masticar una zanahoria antes de acostarse. Sus latidos se aceleraron de golpe. Allí estaba, junto a la bandeja, sobre unas sábanas limpias, la biografía de Hemingway edición de bolsillo de tapas verdes. Sus manos temblaban cuando las estiró para tomar el libro. Escuchaba su respiración como si fuera de alguien más, acariciaba la tapa como si fuera un retazo de seda que valiera millones. Lo levantó y apretó contra su pecho con desesperación, con sus brazos tensos. Un rubor apareció en sus mejillas y murió en su garganta en un grito arrancado desde lo más profundo. Estuvo así durante segundos y minutos, hasta quedarse dormida acurrucada sobre el colchón sucio, con las sábanas limpias dobladas a los pies.

Junto a las sábanas también había un paquete de toallitas femeninas. Ella no les prestó atención, pero lo haría pronto. Ayelén no llevaba la cuenta de los días, pero yo deduje que él habría visto las marcas en su agenda. Eso significaba que estábamos entre el veintidós y el veintiséis del mes. Haciendo la cuenta me daba que habían pasado alrededor de diecisiete días desde que él la encontró.

Sobre su reacción al ver el libro mejor me guardo mis opiniones. Solo diré que, recuerdo haber pensado que esa pequeña compensación haría que ella prestara más atención a mis consejos a partir de entonces. Si seguía ignorándome era capaz de matarla. Me había vuelto más intolerable con ella, que lo normal, en los últimos días. Detesto que me ignoren. Quién carajo se creía.

Capítulo 7°:

28 de Diciembre - Día 20

¿Luego de tanto tiempo de encierro, valoraba la vida de modo diferente? Ayelén se despertó con el canto del gallo. Estaba acurrucada entre las sábanas de flores que él le había dejado junto con el libro días atrás. Se había quitado la ropa que usaba en un intento por mantener las sábanas limpias el mayor tiempo posible y para poder disfrutar de la tela suave sobre su piel. Como un pequeño oasis en el desierto. Nunca fue una chica que aspirara a mucho, la verdad. Pero realmente me sorprendió que se conformara con tan poco, digo, en su momento fue genial que le hubiera dado eso, pero pasaron cinco días y todo se había vuelto a estancar. No me gusta conformarme, si le dio esas cosas podría traerle otras, una almohada, una lámpara, por ejemplo. Yo le insistía en que pidiera más, que aprovechara la benevolencia del hombre. Ni puto caso.

Se apresuró a vestirse al escuchar una puerta lejana abrirse. Tomó el libro sobre Hemingway y se abocó a recrear las escenas de la infancia del escritor en su mente intentando eclipsar los llantos y súplicas de una mujer en el pasillo. La madre de Ernest le ponía vestidos con volados ya que había deseado tener una niña en lugar de un varón. A ella le resultaba interesante imaginarlo más de grande llamándola "vieja arpía". A diferencia de Ayelén, a mí no me interesa la vida de los escritores, en absoluto. Aunque hay algunas biografías que son como novelas. *Yo estoy vivo y vosotros estáis muertos* es fascinante. Ese libro te quema la cabeza. La de Hemingway no, ese tipo era un arrogante y prepotente, se creía mucho.

Pero la biografía de Ernest Hemingway no sólo retrataba a un hombre sino a toda una época y Ayelén viajaba en su mente a ese pasado, a la primera guerra mundial y al éxtasis cultural de París de ese entonces. Los gritos de la muchacha tras las paredes de su pequeña habitación eran acallados por las detonaciones de bombas y las conversaciones estimuladas por el alcohol en los clubes. Creo ya haber dicho la poca resistencia de ella al alcohol, ¿o no lo dije? En fin, un solo vaso de cerveza le bastaba para perder el equilibrio. Realmente patética. Pero ya no quiero bardearla.

Ya por esa época empezó a ganarse un poquito mi respeto. Digo, seguía siendo una tonta ingenua, pero de a poco sentía que iba confiando cada vez más en mí y yo empezaba a verla como mi protegida.

El canto de un gorrión era el único sonido que se escuchaba cuando Ayelén cerró el libro. El sol entraba por la rendija de ventilación. El calor se le pegaba a la piel y el sudor le recorría el pecho. Tras unos minutos, los pasos en el pasillo volvieron a escucharse. Él abrió la puerta y se quedó parado a un lado para que ella pudiera salir. Lo hizo apretándose contra el marco para no rozarlo, y mirando el piso. Me exasperaba. Seguía mostrándose tímida, avergonzada. Y sobre todo débil. Ya no sabía que tenía que hacer para conseguir que dejara de dar la imagen de un pollito mojado. Desafiaba mi paciencia todo el tiempo. Me veía forzada a ocultarle mis emociones, porque si no, se hubiera asustado y se hubiera cerrado a mis consejos.

Él cerró sin llave y la guió hasta el baño.

—Tenés media hora.

Ella entró y sintió enseguida como cerraba la puerta con llave desde afuera. Una vez al día él la llevaba allí, pero nunca la encerraba ni le daba más de unos minutos. En lugar de estar asustada, debería haberse alegrado de tener más tiempo de lo usual en el baño. En ese lugar que tenía una ventana de vidrio por la que entraba mucha más luz que por la rendija de ventilación de su habitación, aunque tuviera rejas del lado de afuera. Pero ella era un castigo. Como si llevara el miedo en la sangre.

Observó a su alrededor, esta vez, había unas cortinas plásticas colgadas en la ducha, frascos de shampoo y crema enjuague en un rincón y un jabón en su envoltorio. Sobre el inodoro había un toallón verde. Ayelén se apresuró a desvestirse, colocando su ropa en el bidet, y a abrir la canilla de la ducha. El agua la golpeó con fuerza, demasiado fría incluso para esa época de calor sofocante, no le importó. Se puso shampoo, se refregó y enjuagó tres veces, lo mismo hizo con la crema de enjuague, pasándose los dedos entre el cabello para ir desenredándolo de a poco. Con un pelo tan largo como el de ella, que le llegaba hasta la cintura, aquella era una tarea ardua. Un trabajo absurdo para mí, hubiera sido mejor cortarlo por los hombros.

Se refregó con fuerza el cuerpo, con vehemencia. Corrió la cortina y se envolvió en el toallón. Allí parada, descalza, en el piso de cerámica, limpia después de mucho tiempo, sólo podía pensar en que bañarse era lo más maravilloso del mundo. Creo que ese es otro punto en común, para mí estar bajo la ducha siempre es un paraíso. Aunque no toleraría refregarme el pelo y cepillarlo con delicadeza. Tendría que habérselo cortado hacía tiempo. Yo sin duda lo hubiera hecho mucho antes.

Se envolvió el pelo en la toalla que también estaba sobre el inodoro y descubrió, allí, un short elastizado gris y una musculosa azul, un conjunto de ropa interior blanco, y un peine. Se vistió y se contempló en el espejo mientras se peinaba con paciencia. En las anteriores ocasiones que había estado en ese baño había evitado verse reflejada, por temor y timidez. Ahora se miraba sin remordimiento. Sabía que el privilegio de bañarse no le era dado a las otras, eso afianzó más su confianza en mis consejos. Gracias a que me mordía la lengua para no mandarla a la mierda cuando se ponía en papel de tonta frente a él.

Él golpeó la puerta, solo dos golpes secos.

—Ya terminé.

Él abrió y le entregó un cepillo de dientes y un tubo de dentífrico. Ella se quedó mirando los objetos en su mano como si los desconociera. Por momentos realmente actuaba como una idiota.

—¿No los querés?

Ella levantó el rostro ante su pregunta y asintió con la cabeza. Volvió frente a la pileta y se lavó los dientes mientras él la contemplaba desde el marco de la puerta. Apoyado con una pierna doblada, con la suela de la zapatilla contra la pared y las manos en los bolsillos como en las películas yankis. No era Leonardo DiCaprio ni George Clooney, pero no estaba tan mal. Obviamente, me guardé esa opinión para mí, a Ayelén no le gustaban los hombres más grandes. Totalmente ingenua, los pendejos de su edad no tienen tanta experiencia como se jactan y solo les interesa su propio placer.

—Gracias.

Aquella palabra sonó débil en sus labios, como un susurro tímido. Me exasperaba. No, flaca, las palabras no sirven, vas a tener que hacer más que eso, pensé en decirle, pero noté la tranquilidad que la envolvía y no quise estropearle esa sensación.

Ella pasó junto a él para salir al pasillo. Él la tomó del mentón y besó sus labios.

Capítulo 8°:

29 de Diciembre - Día 21 (por la mañana)

¿A qué le tenía miedo? Bueno, a partir de ese momento, su temor se volvió más racional, podría decirse. Le aflojó, bastante, a la angustia. Y empezamos a trabajar juntas. Yo le insistía en que prestara atención a todo lo que pudiera brindarnos información.

—No voy a negociar el precio, tengo otros interesados.

Ayelén escuchó la voz de él al otro lado de la puerta. Acababa de despertar y la bandeja con el desayuno estaba a los pies del colchón.

—Te la puedo llevar esta misma tarde.

La incertidumbre de que se estuviera refiriendo a ella hizo que permaneciera inmóvil mirando el techo de material. Cuando era pequeña, una vez, se había perdido en el puerto de frutos de Tigre. Era sábado por la tarde de un día caluroso. El lugar estaba lleno de gente y ella tenía siete años. Mientras su papá hablaba con una pareja que tiempo atrás vivía en la casa vecina, Ayelén vio un gato negro sentado junto a uno de los puestos y se acercó sin que los adultos notaran que se apartaba. El animal salió corriendo cuando ella quiso tocarlo. Lo persiguió hasta el interior de un negocio. Su papá la encontró luego de buscarla dos horas, ya habiendo caído la noche, en la tienda de muebles de mimbre, sentada en el piso al fondo, con el felino en los brazos.

Era común en su infancia que se perdiera, siempre se distraía con algo y se alejaba sin pensar. Encerrada en esa habitación, habiendo escuchado las palabras de él, con la idea de que se refería a ella, consciente ya de a qué se dedicaba ese hombre, comenzó a temblar. Yo me sentía como la empleada del supermercado que la sujetaba de una mano mientras repetía su nombre por el altoparlante, afectada por la angustia de esa niña.

"Tranquila, está a gusto con vos, no te va a vender", le dije al oído para tranquilizarla. "No tiene por qué estar hablando de tí", comencé a repetirle en susurros. "Está contento con vos, te trajo el libro", le decía.

No siento culpa por haber deseado que la elegida fuera otra de las mujeres encerradas. Ayelén era como una niña pequeña perdida, cómo no tener la necesidad de protegerla.

Yo realmente creía que no hablaba de ella, pero por si me equivocaba había empezado a reunir toda mi fuerza para enfrentarlo, golpearlo, morderlo, estaba dispuesta a hacer lo que hiciera falta. O para seducirlo, para hacerlo cambiar de opinión. Sopesaba todas las opciones. Pero no me iba a quedar sin hacer nada, eso seguro.

Ayelén no hubiera durado dos meses en uno de esos prostíbulos de mala muerte, le hubieran dado una paliza sólo por ponerse a llorar. Los clientes se quejarían por sus lágrimas de cocodrilo. Se me retuerce el estómago de imaginarla allí, expuesta a las enfermedades y la violencia.

Recuerdo haber escuchado nombrar una novela corta, de una escritora argentina contemporánea, que convirtió a *La bella durmiente* en una esclava sexual víctima de trata de blancas. Lo escuche nombrar y no puedo olvidarlo, pero no deseo leerlo. Sí leí una nota en el diario Clarín sobre esa novela, y decía que era tan cruda y violenta como los textos de Lamborghini. Maldigo el día en que leí *El niño proletario*. Hay cierta literatura que preferiría que no existiera.

No soy impresionable, pero es que hay escritores que pareciera que se esfuerzan por trastocarle a uno la cabeza. Está bien narrar realidad, pero a veces se zarpan en los modos de hacerlo, y te revuelven por dentro.

Capítulo 9°:

29 de Diciembre - Día 21 (por la noche)

¿Qué intenciones tenía él? Ayelén tuvo que cerrar el libro de la biografía de Hemingway a fuerza de que la luz que entraba por la ventana de ventilación ya no era suficiente para leer. Su vista se había adaptado, con el paso de los días, a la oscuridad natural, y su conciencia, a los ruidos nocturnos del campo. Por primera vez festejé esa capacidad de ella de abstraerse de la realidad, el que con la lectura hubiera podido borrar de su mente las palabras que le había escuchado decir a él por teléfono. Por supuesto que eso sólo pudo ser posible luego de que el griterío en el pasillo hiciera evidente que había sido otra la elegida. De lo contrario no hubiera podido salir de su ensimismamiento. Yo la veía como a una niña pequeña, no podía tomarla como a una mujer, me parecía tan frágil. No había nada que me importara más que protegerla.

Dejó el libro a un lado. Se soltó el pelo y volvió a trenzarlo con la presteza que solo da el hábito. Aún se mantenía limpio, pero un pelo tan largo se volvía grasoso rápido. No había certeza de cuando él la dejaría volver a bañarse.

Escuchó la puerta deslizarse al otro extremo del pasillo. Guardó el libro entre las sábanas y esperó sentada contra la pared a que él abriera la puerta. Su vista vagaba por la habitación, siguiendo las sombras que entraban desde fuera. La cerradura cedió y él depositó la bandeja con comida a los pies del colchón. Llevaba unas zapatillas de tela blancas, un jean negro y una camisa celeste con rayas verticales blancas y una bolsa de papel marrón en una mano.

—Vení.

Ayelén se puso de pie y se acercó a él. Lo vio sacar del bolsillo de la camisa un dulce envuelto en papel dorado y sostenerlo frente a ella.

—¿Te gusta el chocolate?

Ella movió la cabeza en una afirmación. A quién no le gusta el chocolate, sólo a un extraterrestre. En fin, el tono de voz de él seguía siendo frío y distante, pero sus palabras producían una sensación de calidez difícil de explicar.

Él depositó el envoltorio dorado en las manos de ella y le besó los labios sólo por un instante. Extendió la bolsa color madera entre ambos y luego de que ella la agarrara se apoyó contra la pared y comenzó a desabrocharse el pantalón.

Ayelén miró dentro del paquete y sacó los dos libros con una ansiedad frenética por leer los títulos. *Huésped de un verano* y *El fantasma imperfecto*. El primero lo había escuchado nombrar, según lo que sabía la novela retrataba el modo de vida de una familia argentina de clase alta en los ´40. El otro libro le era desconocido por completo. Él carraspeó. Ella dejó los ejemplares dentro de la bolsa sobre las sábanas y se apresuró a arrodillarse delante de él. Lo hacía como yo le había enseñado, pero era como algo automatizado, sin ningún interés. No mostraba pasión y eso era peligroso. Tenía que esforzarse para que él quisiera conservarla. Y yo estaba ahí para a ayudarla.

Capítulo 10°:

30 de Diciembre - Día 22

¿Qué pasaba fuera de su habitación? Unos gritos desesperados de mujer despertaron a Ayelén. La luz que entraba por la rendija de ventilación era tenue, el día se veía gris y una brisa fría envolvía el pequeño espacio. Ella estaba acurrucada, hecha un ovillo entre las sábanas. Se tapó los oídos con las manos y escondió la cabeza bajo la tela.

Se escuchó un portazo y un grito gutural.

—Mierda.

Reconoció la voz de él. Un par de palmas chocaron con fuerza contra una superficie de madera. Una voz de mujer gritaba "ayuda" una y otra vez, ahogándose en su ruego desgarrado.

—¡Ni lo sueñes!

Más gritos y llanto. Ayelén, acurrucada entre las sábanas, estiró su brazo a la cabecera y sacó *Huésped de un verano* de la bolsa al costado del colchón. No había mucha luz, pero no le importó. Se destapó la cabeza y, sentándose contra la pared, buscó aprovechar la mínima claridad que se colaba por la ventana de ventilación.

No puedo culparla ni retarla, al contrario, que haya podido abstraerse en medio de ese quilombo fue toda una proeza. No es que lo lograra del todo pero, aun así, lo hizo.

> "Tengo trece años y me veo altísima, desgarbada y con ganas de todo. Una vez más acabo de enterarme que no iremos ni a Mar del Plata, ni a Bariloche, ni a ningún lado. Me refiero a un lugar interesante, se entiende. Porque, como bien dice Mamá, hay que darle gracias a Dios por tener una quinta, casi una chacra, aunque allí no pase nada. Nada más que aburrirse. Un pedazo de tierra donde hace calor, se levanta una polvareda cada vez que pasa un auto por la calle y donde hay muy pocos vecinos. Y si bien puedo leer (a escondidas, libros prohibidos) el día se hace interminable."

La lectura de la novela resultaba interesante, con una protagonista joven e ingenua que relata lo que pasa, pero sin comprender. Decí que no creo en el destino y esas estupideces, porque esos primeros párrafos parecían describir la situación de Ayelén. *Huésped de un verano*, recuerdo el final, interesante e inesperado. No te digo más porque es de mala educación contar los finales de los libros.

El tiempo fue transcurriendo y los sonidos se extinguieron. Ayelén estaba ahora recostada boca arriba sosteniendo el libro frente a sus ojos. Cada tanto variaba de posición sin perder el hilo del relato, usando un cabello que se había arrancado a modo de señalador. Comenzaba a sentir hambre y la cabeza a dolerle. Casi no quedaba luz y se vio forzada a cerrar el libro.

Yo me sentía orgullosa de que no se hubiera puesto a llorar por lo que pasaba afuera de la habitación. E impotente por no poder hacer más por ella. Pero eso iba a cambiar muy pronto, habíamos llegado a congeniar y a tenernos cariño. No desperdiciaría la oportunidad de guiarla y conseguir que las dos estuviéramos mejor.

Capítulo 11°:

1 de Enero - Día 24

¿Había confianza? Ayelén estaba destapada, abrazándose a la sábana enrollada como si fuera una almohada. Transpiraba. En su sueño era quemada en la hoguera, en Salem, acusada de brujería por haberla encontrado leyendo a escondidas. Acostada sobre el colchón sintió una briza acariciándole la piel desnuda, solo la bombacha la cubría. En su sueño una tormenta sofocaba el fuego salvándola de las brasas.

Un chirrido hizo que abriera los ojos. La luz en la habitación era intensa y la humedad se palpaba en el aire. El día anterior, el calor había sido tan abrumador que le bajó la presión y perdió el conocimiento por unos momentos mientras lo complacía. Me preocupé por ella. Estábamos en pleno verano y en esa pocilga en la que estaba encerrada no corría el aire. Tenía que hacer algo para sacarla de ahí cuanto antes, pero esto era como un juego de ajedrez, cualquier mal movimiento deja expuesta a la reina.

El chirrido era constante, aunque leve. Miró hacia la puerta. De pronto sus oídos dejaron de percibir el ruido.olo escuchaba los latidos de su corazón. No podía quitar la vista de la llave dorada encastrada en la cerradura. Tomó las sábanas que había estado usando de almohada y se cubrió los pechos a medida que se incorporaba. Aún seguía siendo pudorosa, aún se resistía a la idea de dejarse ver desnuda. No la presioné en ese momento.

Un ventilador de pie, blanco, que llegaría apenas a la altura de sus rodillas, tiraba sobre ella su brisa fresca desde una de las esquinas. Él, sentado sobre el piso con las piernas dobladas hacia delante, apoyaba la espalda contra la pared, mientras se llevaba a los labios una botella de cerveza.

Le sonrió, dejando ver los dientes y apoyando la bebida en el piso.

Ella no se movió, no parpadeó. Le mantenía la mirada ignorando el chirrido incesante del ventilador.

—¿Los terminaste?

Le preguntó señalando la bolsa que contenía los libros.

—Casi.

El tono de su respuesta no fue premeditado, fue puro impulso desconocido. Como si su cerebro creyera que estaba manteniendo una conversación con un amigo en el patio de comida de un shopping. Fue absurdo, pero servía para que pareciera no sentirse asustada frente a él.

—Eres fácil de contentar.

Él volvió a llevarse la botella de vidrio marrón a los labios.

Varios minutos transcurrieron en silencio. Ayelén lo miraba de forma disimulada, sin dejar de cubrirse, moviéndose apenas. Yo la observaba, la estudiaba, no estaba segura de cómo se sentía, pero me resultaba evidente que no estaba lista para el próximo paso.

—La puerta del baño está abierta.

Ayelén estiró su brazo para tomar la remera a un costado del colchón y se la puso sin dejar de sostener la sábana con la que se cubría. Se puso de pie y se acercó a la puerta. Él continuaba bebiendo. Caminó por el pasillo con paso lento, no se escuchaba ningún sonido más que el eco del chirrido del ventilador. Miró las otras puertas entreabiertas. Supo que era la única mujer allí. Continuó avanzando, con precaución. Intentando entender. Llegó al baño. Un toallón y productos de aseo la esperaban.

Media hora más tarde, se desenroscó la toalla del pelo y comenzó a peinarse mirándose en el espejo. Tenía la sensación extraña de no reconocerse.

Salió al pasillo, la puerta por donde la había empujado aquel primer día debía estar cerca. Entonces lo comprendió, sin necesidad de que yo se lo dijera: la estaba probando.

Caminó por el pasillo hasta atravesar la entrada de su habitación. Él aún seguía sentado en el mismo sitio, bebiendo de a tragos. Pasó frente a él, se agachó para tomar el ejemplar de *El fantasma imperfecto* de la bolsa y se sentó sobre el colchón, con la espalda contra la pared, a leer.

Capítulo 12°:

9 de Enero - Día 32

¿Cómo era el resto de la casa? Ayelén tenía *El fantasma imperfecto* sobre las piernas, acababa de terminar de leerlo por tercera vez. Los últimos días, cada vez que despertaba, él estaba allí, sentado contra la pared con su botella de cerveza. Se marchaba luego de que ella se bañaba, le traía la comida a mitad de la tarde y no volvía a verlo hasta la mañana siguiente. Ese día no estaba ahí cuando ella despertó.

El ruido del ventilador la arrullaba, aunque no tenía sueño. Estaba pensando en él. No le había pedido que lo complaciera las últimas veces. Tenía miedo, sentía que no comprendía, la incertidumbre era su peor enemiga. Yo intentaba dar respuesta a sus preguntas, sin ser cínica, sin pintarle todo de rosas, pero callando las opciones negativas de lo que podría significar esa ausencia. Yo era para ella, por ese entonces, su mentora y su guardiana. El enfado con el que la miraba antes, cuando me mantenía silenciada sólo como una espectadora de su vida, ya había remitido. Le tomé cariño en ese breve y a la vez eterno tiempo, el tiempo del encierro. Sin embargo, ya comenzaba a pensar que Ayelén no podría superar su debilidad, que siempre viviría con miedo, que siempre sufriría. Empecé a pensar cómo evitarle eso.

El día anterior, él había tardado más de lo usual en traer la cena, pero en la bandeja había dos vols de cerámica blancos, dos tenedores, una botella de jugo y una lata de cerveza. El olor del tuco había impregnado toda la habitación.

—Vení a comer.

Ayelén había mirado la comida a la distancia, con desconfianza, pero yo le insistí que aprovechara ese manjar que olía tan bien. Hacerle un desplante al hombre no hubiera sido inteligente, pero no quería señalarlo para no ponerla tensa. Comieron los dos sentados en el piso uno frente al otro. Él le sonrió luego de que ella probó el primer bocado. Ese rostro masculino finalmente se mostraba relajado y hasta yo diría que seductor. Pero eso fue el día anterior, ahora su ausencia era inquietante.

Temía que pudiera estar trayendo a otra mujer. Yo no quería que el paraíso idílico de Ayelén, esa falsa calma de la rutina y la lectura, se alterara, se derrumbara con los gritos desesperados de esas otras mujeres que no sabían comportarse.

Escuchó la puerta deslizarse al otro lado del pasillo. Se desató el rodete que se había hecho así nomás y se trenzó el pelo haciendo que cayera sobre su pecho. Él entró y se agachó para apagar el ventilador.

—Arriba.

Ella respondió a la indicación incorporándose y siguiéndolo por el pasillo. La puerta corrediza que conectaba con el resto de la casa estaba abierta. Él atravesó la división y le hizo una seña para que pasara. Se resistió, pero yo la empujé, no podía permitir que perdiera esa oportunidad de cambiar de ambiente. Aunque ya se hubiera acostumbrado a su habitación era una pocilga de la que había que huir. Esa era la oportunidad que había estado esperando, que él la sacara de su encierro y le diera mayores privilegios. Después de todo, se la pasaba bien cuando Ayelén estaba arrodillada frente a él. Aunque ella no se diera cuenta por su ingenuidad, yo sí notaba lo mucho que él lo disfrutaba, y la manera llena de deseo con que la miraba. Por supuesto que ya sabía yo que salir de su jaula tendría un costo adicional, pero venía preparándome hacía tiempo para guiarla en ese momento.

Ayelén se fue desplazando despacio, en la incomprensión absoluta. El recuerdo de cuando había pasado por allí con anterioridad era borroso. La cocina estaba a un lado, abierta al resto de la casa, con una barra de granito como división. Al otro lado, un juego de sillones de cuero marrón resaltaba en contraste con las paredes blancas que parecían recién pintadas. Bordeó el sillón y se paró frente a la gran ventana que inundaba de luz el ambiente. Las cortinas traslúcidas dejaban ver, más allá de unas rejas pintadas de blanco, un campo verde que se extendía hasta el infinito. Yo me mantenía en silencio, pensando a cuanta distancia se extendería el campo, que tan lejos se hallarían otras personas, otra vivienda, una estación de servicio y la ruta asfaltada.

Lo escuchó carraspear a su espalda. Estaba parado apoyado contra una de las paredes, con las manos en los bolsillos del pantalón de jeans, al lado de un rectángulo de tela negra que cubría un mueble.

—Destápalo.

Ella se aproximó y tomó la tela con una mano, miró los ojos de él por un instante y luego tiró hacia abajo. La seducción, el amor, fue inmediato, como un flechazo de Cupido. No sólo para Ayelén, a mí también me deslumbró. Desde el piso hasta la altura de la cabeza una biblioteca, de estructura de metal y estantes de vidrio, colmaba la vista. Por fuera, a ella parecía que el descubrimiento no le hubiera afectado, pero por dentro todos sus temores se habían disipado. Había conseguido que yo también olvidara la presencia de él, olvidara pensar en escapar, olvidara que todo tenía un precio.

Una hilera de diez lomos amarillos eran los únicos ejemplares que descansaban allí. Se acercó a ellos y tomó uno al azar: *Alicia en el País de las Maravillas*. Conocía esa encuadernación. Más que ropa y zapatos, desde los doce años, cuando juntaba suficiente de los restos de su mesada, Ayelén recorría las librerías de usados buscando uno de esos libros amarillos. Recuerdo cuando los vio por primera vez. Tenía siete años, caminaba por la Avenida Lacroze, en Chacarita, tomada de la mano de su papá. Se quejaba por tener que caminar tanto y su papá le decía que faltaba sólo una cuadra para la estación. Los libros estaban expuestos en lo alto de un mueble circular. Se soltó de la mano que la sujetaba y fue hasta ellos para contemplarlos de cerca. La casa de antigüedades con los ejemplares tapa dura y lomo amarillo nunca se borraron de su mente. Ese año le escribió a Papá Noel pidiéndole esos libros, todos. Pero solo le había traído dos, de los más de trescientos que componen la *Colección Robin Hood*.

Capítulo 13°:

10 de Enero - Día 33 (por la mañana)

¿Qué importancia tenían los libros para ella? Había prendido el ventilador antes de acostarse y por la mañana el sonido de las paletas girando aún continuaba. Volver a estar encerrada en esa habitación minúscula y mohosa fue para Ayelén como sentir que la casa entera se derrumbaba sobre ella. Se había acostado sobre el colchón desvencijado mirando el reflejo de luz que se colaba por la abertura de ventilación. Cuando él le dijo, el día anterior, que debía volver a su habitación, ella sintió el deseo de hacer una rabieta. Yo la contuve. Me costó, pero logré convencerla de obedecer, "si le armas quilombo no te va a dejar volver", le dije y a la cuarta repetición lo entendió, o eso creo. Volvió a la habitación y se tapó con las sábanas a pesar del intenso calor y haber prendido el ventilador. Sentía una opresión en el pecho que se le expandía a los brazos y las piernas. Se durmió con las lágrimas resbalándole por el rostro en un llanto silencioso.

Había pasado la tarde anterior recostada en el sillón de cuero marrón con los diez libros de la *Colección Robin Hood* sobre el regazo, con la vista del campo soleado de fondo. Interrumpía la lectura solo para cebar. El sabor del mate le había conquistado el paladar como si fuera un exquisito manjar que hasta entonce había olvidado cuánto anhelaba. Cebaba para ella y para él. Sentado en el sillón de un cuerpo frente a la mesa baja, frente a ella, con una notebook sobre las piernas, él le sonreía cada vez que tomaba el mate de sus manos, rozándole los dedos casi como en una caricia. Yo le aconsejaba que le devolviera la sonrisa, pero ella solo despegaba la vista de las páginas del libro para mirar agua caliente vertiéndose en el mate cuando lo cebaba. Decidí no presionarla en ese momento, pero sabía que mi intervención tendría que ser más fuerte.

Ella no estaba lista para pagar por esos privilegios extras. Le daba vueltas a ese pensamiento mientras ella leía y luego mientras lloraba y dormía. Tendría que hacer algo drástico, pero me preguntaba cuándo sería el momento adecuado.

Ayelén despertó hecha un ovillo a pesar del calor. En tan solo una noche de mal dormir su espalda y cuello se contracturaron. Masajeándose los hombros y la nuca, pensaba en el sillón de la tarde anterior como un paraíso, la superficie más cómoda sobre la que se hubiera recostado en su vida. Allí, en la habitación de paredes descascaradas y enmohecidas, sentía que el deterioro se extendía a su propio cuerpo. Y me preguntaba "¿qué hice mal para que me volviera a encerrar acá?". Yo le decía que no pensara, que seguro la iba a volver a dejar salir pronto. Que estuviera tranquila, que confiara en mí.

Sus pensamientos de ese momento rayaban ya lo irracional. Yo comenzaba a preocuparme por su cordura. El encierro es difícil de sobrellevar y Ayelén era débil, eso lo tenía muy claro desde hacía tiempo. Yo tenía que ser fuerte por las dos, ser racional. Ella se imaginaba a sí misma atada con cadenas y grilletes en los tobillos, pero recostada sobre el sillón de cuero marrón, con la luz natural, la brisa y el aroma a campo entrando por el ventanal abierto. Y visualizaba los libros, los lomos amarillos acomodados en los estantes de vidrio. Su estantería de libros. Sus libros. La idea, que se le había formado con una insistencia demencial, de posesión sobre esos libros me inquieta-

ba, me hacía pensar que comenzaba a perder la cordura, a entrar en un camino sin retorno.

Capítulo 14°:

10 de Enero - Día 33 (por la noche)

¿Qué pasó con su ingenuidad? Las horas habían pasado. Por entre la ventana de ventilación se vislumbraba el anaranjado de la puesta del sol. Ayelén estaba sentada sobre el colchón. La bolsa con los tres libros que él le había dado días atrás permanecía en la cabecera, no la había tocado. Había estado toda la tarde mirando la puerta, esperando escuchar el sonido de la madera al deslizarse y las pisadas de él en el pasillo.

Se esforzaba por ignorar el rugir del aire en su estómago. Tenía un plan. Le ofrecería más de lo que le había dado hasta el momento. Le demostraría que podía darle mucho más. Que estaría dispuesta para él en todo momento, que jamás intentaría escapar, que sería una buena chica y haría caso. Le susurraría al oído las cosas que ella podía hacerle si la sacaba de esa habitación. Las cosas que dejaría que le haga.

Todo eso era una idea absurda, algún que otro video porno visto por curiosidad era toda la experiencia que tenía. Estoy segura que no hubiera soportado esa carga, hubiera terminado por rechazarlo, huyendo despavorida y él a las claras le habría dado la paliza de su vida. Era ingenua, tonta en ese sentido. La sacabas de sus lecturas literarias y no entendía nada, no entendía cómo funcionaba la vida, como funcionaban los hombres. El secuestrador en particular no parecía ser uno de esos guarros y violentos, como un tío de Ayelén que había vivido en su casa desde hacía unos años. Este tipo era… no diría especial, pero capaz si podría decir más delicado. Obviamente, lo que le había atraído de ella era su inocencia y le estaba teniendo paciencia. No creo que sea común que tratara a otras así, se estaba tomando muchas molestias. Lo que personalmente me ponía más nerviosa, porque a cualquier mínimo error, podía irse todo a la mierda.

Esa idea de entregarse como una prostituta regalada no podía salir bien. No podría haber dejado que hiciera cosa semejante siendo tan ingenua como era. Ayelén comenzaba a ponerme contra la espada y la pared. Cada vez estaba más próximo el momento en que tendría que intervenir directamente, aunque a ella no le gustara, sería por su bien.

Un chispazo salió del ventilador de pie y dejo de funcionar. La luz del día ya se había eclipsado. Ella continuó mirando la puerta en la oscuridad de la noche. Yo continuaba atenta a sus pensamientos.

Capítulo 15°:

11 de Enero - Día 34

¿Tenía algún tipo de libertad? Ayelén despertó sentada contra la pared, el sol entraba por la abertura de la rendija de ventilación. Estaba transpirada. Se estiró hasta el ventilador, pero por más que presionó los botones una y otra vez las paletas no se movieron. A los pies del colchón, en el mismo sitio de siempre, estaba la bandeja con comida. Tomó la botella de agua y la vació hasta la mitad. Se quedó mirando las papas y batatas hervidas y el pedazo de carne sin cortar. Agarró de al lado del plato el cuchillo, era la primera vez que le daba uno. Era un gran avance, una muestra de confianza. Me hizo pensar que las cosas iban bien, no se podía pretender que el manzano diera frutos de la noche a la mañana. Él empezaba a confiar en nosotras, pronto podríamos dejar de dormir en esa pocilga e instalarnos en el resto de la casa. Pero ahora urgía otro problema. Ayelén. Cada vez parecía más trastocada, en cierto sentido, cada vez se volvía más débil.

Eso me permitía ejercer mayor influencia sobre ella, pero a la vez temía que pudiera hacer algo que la pusiera en peligro, sin que yo pudiera evitarlo.

Ayelén tomó el cuchillo y acarició el filo con la yema de los dedos, una línea roja se dibujó en su pulgar. Se quedó observando el hilo de sangre que hacía brillar su piel. Selló la herida llevándosela a la boca, experimentando el sabor. La expresión de su rostro en ese momento me dio escalofríos. Sonreía. Como las reinas malvadas de las películas de Disney, antes de que todo les salga para el culo. Se estaba volviendo loca, era seguro.

Me la imaginé pasando el filo del cuchillo por su muñeca y *Una vacante imprevista* vino a mi mente. Los jóvenes en esa novela vivían el infierno de una madre drogadicta, un padre golpeador, otro trastornado mentalmente o simplemente ser ignorados. Necesitaba urgente hacer algo para ayudar a Ayelén, era mejor que volviera a ser la chica ingenua que era antes, porque obviamente no podía manejar situaciones de estrés. Tenía que hacer que me dejara tomar el control y me obedeciera sin pensar. Era mejor que se abstrajera en sus lecturas y me dejara lidiar con la realidad a mí. Yo podía guiarla y conseguir que él le ofreciera mucho más.

Comió. Pero la sensación de mejoría fue leve. Movió la bandeja a un lado y vio debajo del plato una nota. Una hoja arrancada de una agenda. "El baño está abierto", estaba escrito en letra imprenta color azul. Se quedó contemplándola, estudiando la caligrafía. Parecía no entender lo que leía, tuve que empujarla para que se pusiera de pie y atravesara el pasillo. A cada minuto mi preocupación aumentaba.

El agua salía con presión por la flor de la ducha. Ella ya se había lavado el pelo y enjabonado el cuerpo, pero aún seguía parada allí. Los azulejos amarillos la rodeaban y la cortina plástica disminuía la claridad que entraba por la ventana. Ayelén dejaba que la lluvia golpeara contra sus omóplatos y el cuello, con los ojos cerrados y la cabeza hacia el piso. Estaba como abstraída del mundo. Yo sólo era una espectadora, me ponía de los pelos no poder ayudarla en ese momento. Pero estaba concentrada en evaluar cada acción de él. ¿Por qué la evitaba? ¿Por qué buscaba su compañía sin intenciones de pedirle que lo complaciera? ¿Por qué ponía un cuchillo en las manos de Ayelén?

Se movió hacia un lado, apoyando la espalda en los azulejos. El agua caía sobre sus pies. Sus uñas conservaban fragmentos de esmalte bordo. La mala circulación la acompañaba desde pequeña; una clase de danza sin precalentamiento provocó la tendinitis en sus piernas. Luego de media hora de caminar percibía como los hilos tras sus rodillas se tensaban dándole la sensación de que se romperían. Pero ahora era como si ella lo hubiera olvidado, como si hubiera olvidado que tuviera un cuerpo. Como si no entendiera su corporeidad. Cada vez más ida de sí misma.

El agua continuaba cayendo. Escuchó un sonido y levantó el rostro, la cortina frente a ella no se abrió, no hubo pasos ni palabras. Cerró la canilla y salió al pasillo sin cubrirse. Volvió a entrar, comenzó a secarse el pelo, sus pechos se dibujaban en el espejo. Imaginé los moretones esparcidos por su piel, el dolor de los golpes. No se salvaría si él la vendía. No podía permitir que él la viera como estaba en ese momento, creería que no valía la pena conservarla. Tenía que ser su guardiana, su protectora. Algo tenía que hacer.

Capítulo 16°:

12 de Enero - Día 35 (por la noche)

¿Estuvo cerca de la muerte en algún momento? Hecha un ovillo entre las sábanas, Ayelén abrió los ojos al escuchar el arrastre de la puerta. La habitación se veía apenas iluminada. Ella tenía frío. Sintió que se mareaba cuando intentó incorporarse y volvió a apoyar la mejilla contra el colchón. No era bueno que se enfermara, comencé a preocuparme por su estado de salud.

—Tengo frío.

Se abrazó las piernas acurrucada como si fuera una niña pequeña que tiene miedo. Los párpados se le cerraban. Unos destellos de luz en sus pupilas la confundían. Una mano tibia, casi fría, se apoyó sobre su frente; y se aferró a ella. La sostuvo con sus palmas contra el rostro, la presión la alivió por unos segundos. Sin lugar a dudas tenía fiebre, yo estaba segura de eso.

Ayelén no percibió sus gemidos y sus manos cayeron pesadas sobre el colchón. Comenzaba a no saber dónde se encontraba. Y mi preocupación iba en aumento. Pero yo también me sentía débil y afiebrada.

—Me van a aplastar, hay muchos, son muy grandes, hay muchos…

Ayelén repetía una y otra vez las mismas frases. Que había muchos, que eran muy grandes, que la iban a aplastar. Desorientación, delirios, la fiebre debía estar muy alta y mi propio malestar no me permitía pensar cómo ayudarla. Él la cargó en brazos por el pasillo, atento a los ojos de ella que lo observaban, pero sin ver. La depositó despacio en el suelo para abrir la puerta corrediza de madera con la llave que llevaba en el bolsillo. La volvió a alzar avanzando hasta acostarla en el sillón de cuero.

—Son grandes, son grandes, me aplastan, me aplastan…

Yo intentaba mantenerme consciente, pero se me hacía difícil. Mi vista se había vuelto borrosa también. Él se acercó a ella con un vaso de vidrio en la mano, le sostuvo la nuca levantada y procuró que Ayelén tomara el agua con el medicamento diluido dentro. Se quedó sentado sobre la mesa ratona, mirándola, acariciándole la frente caliente. Yo comenzaba a preguntarme dónde estábamos, qué ocurría, pero mi capacidad de pensar era intermitente y sólo duraba unos segundos.

Capítulo 17°:

13 de Enero - Día 36 (por la madrugada)

¿Cuándo fue evidente que ella le importaba? Ayelén estaba recostada en el sillón de cuero marrón. Yo la notaba allí tendida, y percibía una luz que iluminaba parte del ambiente. La lámpara de techo de la cocina estaba prendida, él estaba sentado en una banqueta con la notebook sobre la barra. Cada cinco minutos levantaba el rostro de la pantalla y la miraba. La penumbra del exterior envolvía el living, la envolvía a ella mientras dormitaba. Estaba acurrucada bajo un cubrecama a cuadros blancos y bordó, de esa textura rugosa de la lana. Un reloj de pared circular con un péndulo marcaba pasadas las cuatro. La temperatura debía ser alta porque él apenas llevaba puesto un calzoncillo, un bóxer gris. Calculo que habrían pasado tres horas desde que Ayelén tomó la segunda pastilla disuelta en el agua. Yo ya me sentía mejor y estaba pendiente del estado de ella, y de cómo él la trataba.

Cerró la tapa de la notebook y se acercó a ella. Le pasó una mano por el rostro para apartarle un mechón de pelo pegado a la cara. Estaba empapada. Era bueno que transpirara para bajar la fiebre, pero no podía quedarse así. Él salió por una puerta opuesta a la cocina y comenzó a escucharse el ruido del agua brotando de una canilla. Volvió a la sala, le quitó el cubrecama y la tomó en brazos, ella abrió los ojos.

Sentada en el inodoro de un baño de azulejos blancos y luces empotradas a los laterales del espejo sobre el lavamanos, Ayelén se abrazaba el cuerpo mientras él le quitaba los pantalones cortos y la ropa interior, le descruzaba los brazos y le sacaba por la cabeza la remera mientras ella se sostenía de la cintura de él. Tenía la sensación de caerse, de que el cuerpo no la soportaba. No sabía quién era él ni donde se encontraba, apoyó la cabeza sobre el abdomen al que estaba aferrada y los párpados se le cerraron.

Otra vez él la levantó en brazos.

—Frío, frío.

Empezaron a castañearle los dientes al tomar contacto con el agua. Ese baño era de revista, idílico, pero no pude apreciarlo en ese momento. Tenía la cabeza embotada de preocupación.

Ayelén abrió los ojos y lo miró sin pestañear, mientras él le pasaba una esponja por el cuerpo. Era una esponja suave, que acariciaba su piel con el cuidado con el que se baña a los bebés. Pudo mantenerse sentada en la bañera mientras él enjabonaba su pelo y lo enjuagaba con la manguera de la ducha. Yo no confiaba del todo aún en él, pero no podía hacer nada en esa situación, estaba demasiado débil aún.

Él volvió a sentarla en la tapa del inodoro mientras la secaba y le ponía una remera que le quedó como camisón. Le envolvió el pelo en una toalla de mano y la tomó en brazos. Esta vez ella se aferró a su cuello.

Yo era sólo una espectadora. Furiosa de impotencia.

Capítulo 18°:

14 de Enero - Día 36 (por la tarde)

¿Cuándo empezó a cambiar su personalidad? Ayelén iba por el quinto capítulo de *Jane Eyre*, que había comenzado ese día. Estaba recostada sobre una cama de dos plazas con sábanas verdes y tenía el libro de tapas duras amarillas de la *Colección Robin Hood* en las manos. Cuatro almohadas estaban apiladas tras su espalda y una ventana rectangular a su derecha le obsequiaba toda la luz que requería.

Ya había pasado el susto, y yo volvía a sentirme en posición de dar batalla. El termómetro electrónico había marcado 36.5 las últimas veces, pero él insistió en que siguiera recostada. La habitación se parecía desde su perspectiva a las que salen en las publicidades de hoteles: impersonal, con tonos neutros en las paredes y muebles de roble. Eso porque Ayelén no era detallista, para mí, ese cuarto reflejaba a la perfección a aquel hombre. Pocos muebles pero de calidad, igual que en el living. Un ropero grande con puertas deslizables, una silla en un rincón y un interruptor de luz en la cabecera de la cama, la practicidad a la orden del día.

Cuando apoyó el libro sobre la mesa de luz para ir al baño sintió la tentación de abrir el cajón bajo la lámpara, pero yo la detuve. Estaba atenta a cada acción, incluso a cada respiración que ella hiciera. Por un lado, temía que su salud volviera a decaer, por el otro, no ib a dejar que su torpeza habitual destruyera lo que habíamos conseguido. Ella no era capaz de darse cuenta de lo que implicaba que él la hubiera llevado a su propia habitación, pero yo nunca fui ingenua como ella y no iba a dejar pasar esa oportunidad.

Sentada en el inodoro, Ayelén no dejaba de contemplar los azulejos, y las luces empotradas en el marco del espejo con aire ausente. Yo ya me había dado cuenta de que no estaba bien de la cabeza. El encierro la había afectado. Era consciente de que su vida dependía de mí.

Volvió a la habitación luego de lavarse las manos y peinarse sin apuro. Él estaba allí, tomando unas prendas del placar frente a la cama y colocándolas en un bolso pequeño deportivo. Entre los estantes de ropa, en el centro de las tres puertas corredizas blancas un plasma negro hacía de espejo de las facciones de él.

—Tengo que salir.

Ayelén no dijo nada y se trepó a la cama sentándose con las piernas cruzadas y la espalda contra el respaldo de almohadas. ¿Si él salía eso significaba que tenía que volver a...? No se animaba a pronunciarlo siquiera dentro de su mente. La imagen del colchón vencido en el piso y las paredes descascaradas del lugar minúsculo en el que había estado encerrada se le aparecía borrosa, como si sólo hubiera sido un mal sueño, como si ese espacio no existiera. En ese momento yo la hubiera golpeado, seguía dejando que el temor la dominara. Era increíble que no hubiera aprendido aún que no debía dejar que él la viera acobardada.

Yo estaba de acuerdo en que debía quedarse allí, en la cama firme con almohadas de gomaespuma y la luz natural entrando por los grandes ventanales, durmiendo cada noche con el ventilador colgado del techo, con las tulipas de las lámparas en forma de flor. Pero asustarse y actuar como una nena caprichosa no era la manera de conseguirlo. Me irritaba sobremanera. Si no hubiera sido por mi ayuda, estoy segura que no hubiera conseguido que él la tratara diferente que a las demás.

—¿Puedo prender el ventilador?

Ella pronunció la pregunta con un hilo de voz que denotaba su temor. Era un error. Yo la miraba con cara de querer matarla. Su actitud me resultaba decepcionante. Cómo hacer para que entendiera que tenía que actuar como una mujer y ofrecerle más para no perder esos privilegios de los que estaba disfrutando en ese momento.

Él extendió un brazo hacia las tiras de cuentas que colgaban en el centro de la habitación y las paletas comenzaron a girar. Tenía puestas unas bermudas azules y una musculosa bordó. Cerró el cierre del bolso sobre la silla y se acercó a la cabecera de la cama. Iba a marcharse ¿y a volver a encerrarla en la pocilga aquella?

Ayelén desvió la vista y tomó el libro de la mesa de luz en cuanto sus ojos se encontraron. "¡No, tonta!", quería gritarle. Esa era su oportunidad, el momento de asegurarse su lugar en la casa. No podía dejar que se hiciera la distraída. Los dedos de él le acariciaron el rostro. Bajaron de su frente al lateral del ojo derecho, a su mejilla, su cuello. Recorrieron la remera blanca que le hacía de camisón desde el escote redondo, pasaron por el hueco entre sus pechos. Ella podía ver por debajo del libro, que sostenía en la mano izquierda delante de sus ojos, como la mano de él se ceñía a su cintura y sus caderas.

—Deja el libro.

Él le susurró al oído, con sus cuerpos a sólo centímetros. Ayelén quiso ponerse de pie y apartarse de él, pero la detuve. Tuve que imponerme. La obligué a obedecer. No iba a dejar que todo se fuera a la mierda.

Pude notar las marcas circulares pequeñas que ya había distinguido con anterioridad en su brazo e hice que Ayelén las acariciara. El beso de él fue suave y breve como todos los que le había dado hasta entonces. Yo miraba sus labios, las comisuras y el corte, cicatrizado hacía mucho, en el mentón. Ayelén cerró los ojos cuando la mano de él estuvo sobre sus piernas y comenzaba a ascender por debajo de la tela.

—Me gustas.

Pronunció esas palabras al oído de Ayelén antes de mordisquearle la oreja. Las manos de ella aferraron la tela de su improvisado camisón mientras él presionaba uno de sus pechos.

—Mírame.

Fue una orden seca a la que hice que ella obedeciera. No quería, se resistía. Me estaba dando un trabajo impresionante conseguir que actuara como era necesario que lo hiciera. Abrió los ojos y sus miradas se encontraron. Él sonreía. Ayelén no podía siquiera aventurar cuál sería la expresión de su rostro en ese momento. Yo la apaciguaba, ella quería salir corriendo y encerrarse en el baño, quizás sería capaz de pegarle, pero eso no hubiera sido sensato. Él había cuidado de ella mientras estuvo enferma, había que devolver el favor. A Ayelén le costaba comprender esa lógica, pero yo lo tenía claro. Lo importante era que él estuviera conforme con ella. No podía dejar que temores pueriles la devolvieran a la minúscula habitación de antes. Alcé la voz y la hice seguir mis indicaciones.

—Eres mía.

Enlazó sus brazos alrededor del cuello de él y lo beso adentrándose en su boca como si de verdad lo deseara. Dejando que yo la dominara y la empujara a actuar. A hacer lo que no había hecho nunca.

Capítulo 19°:

15 de Enero - Día 37

¿Cuál era la importancia de la biblioteca? Ayelén cerró el libro de *Jane Eyre* al terminar de leerlo. Estaba sentada en el sillón de cuero con los pies descalzos sobre la mesa ratona, el aire acondicionado estaba prendido y de la notebook sobre la barra de la cocina salía el sonido del blues.

Él se había marchado el día anterior a la tarde y había regresado por la mañana, yo dormía aún, pero escuché los gritos y golpes que indicaban que había traído una chica nueva.

Se levantó con el ejemplar de la *Colección Robin Hood* en la mano. Tenía puesto un bóxer azul rayado a modo de short y una musculosa que sin lugar a dudas a él ya no le entraba. A mí esa música me daba la sensación de estar en una película yanqui de negros con peinados afro. No sabría decir si me gustaba, me resultaba graciosa en ese contexto, no lo sé.

Se acercó hasta la biblioteca de estantes de vidrio y estructura de metal. Los primeros dos libros que él le había dado y la biografía de Hemingway ocupaban un sitio allí, aunque separados del resto. Pasó la yema de los dedos por los lomos y agarró el último de la fila, *Los viajes de Gulliver*. Lo tomó con ambas manos y se lo acercó al rostro para olerlo. El olor de los libros viejos es delicioso, a eso no hay con que darle. Leí, hace tiempo en un posteo de facebook, la explicación científica de por qué a las personas nos gusta el aroma de los libros. No lo recuerdo con exactitud, pero tenía relación con la composición del papel y el añejamiento. Como los buenos vinos. Ayelén nunca tomó vino, pero yo soy una catadora exigente.

Había vuelto a sentarse en el sillón cuando él apareció al otro lado de la puerta corrediza que daba al pasillo donde ella había estado antes, aunque aquello le parecía muy lejano en el tiempo, casi irreal. Él le sonrió, y ella le respondió con el mismo gesto. Yo la obligué a sonreír, ya me era más fácil persuadirla.

Él tenía el torso desnudo, se había sacado la remera celeste y la llevaba apoyada sobre su hombro izquierdo. Su espalda brillaba por la transpiración. Dejó la cámara digital gris sobre la barra de la cocina y desapareció tras la puerta de la habitación. Ayelén seguía con la vista puesta en la novela de Gulliver, que tenía pendiente de leer desde hacía cinco años, cuando había visto la película.

Ella no le prestó atención al torso desnudo de él, yo sí... no estaba nada mal. Y a sus glúteos, ceñidos por el jean. Escuché el sonido del agua cayendo de la ducha mientras Ayelén daba vuelta la primera página del libro. Amo los libros, pero un buen trasero también llama mi atención, al fin y al cabo no soy de piedra.

Capítulo 20°:

20 de Enero - Día 42

¿Alguna vez tuvo oportunidad de escapar? La alarma del horno sonó y Ayelén se levantó del sillón aún con el libro de *Los viajes de Gulliver* en la mano. Lo estaba leyendo por segunda vez. El horno era eléctrico, empotrado en la alacena a un lado de la bacha. Se inclinó para abrir la puerta de vidrio, la masa de la tarta estaba dorada, giró la perilla para apagar y sacó la fuente con el repasador como manopla. Se quedó mirando su creación un momento. Como quien conoce la ubicación de los utensilios de memoria, tomó un cuchillo de punta redondeada del cajón e hizo una incisión en la masa.

Estaba pasando su lengua por el cuchillo, saboreando el atún de la tarta cuando escuchó el motor. Guardó la comida en el horno para que se mantuviera caliente y abrió la canilla de la bacha para lavar los elementos que había utilizado. Cuando él entró y colocó las bolsas del supermercado sobre la barra de madera, ella ya había terminado de limpiar. Lo miró de reojo y fue sacando las cosas y guardándolas en la heladera y alacenas mientras él había vuelto a salir hacia el garaje.

Unos golpes desesperados le llegaron desde la puerta corrediza que daba a aquel pasillo que en su mente no era más que un mal sueño. Siempre intentando mantener su ingenuidad, me era incomprensible que siguiera queriendo tomarse la vida de ese modo. El eco de un grito, largo y continuo, acompañó los golpes mientras él volvía a entrar desde el garaje.

—Te traje algo.

Él apoyó dos bolsas de papel, coloridas de marcas que ella desconocía, sobre la mesa baja frente al sillón. Ella terminó de guardar las compras del supermercado y se acercó al sillón con esa sensación que tienen los niños cuando se les dice que ya pueden abrir los paquetes bajo el arbolito de navidad, pero sin expresarlo externamente. Se quedó parada, inmóvil frente a las bolsas. El ruido de los golpes y gritos que llegaban lejanos la perturbaban. Eran irritantes, a mí me ponían de mal humor. Por mí, la mujer que no dejaba de hacer ese quilombo se merecía una buena paliza. Por suerte, él volvió de la habitación con la note-book en las manos con Soda Stereo a todo volumen eclipsando cualquier otro sonido.

"Te prefiero…

Fuera de foco…

Inalcanzable, hey…

Yo te prefiero…

Irreversible…

Casi intocable, hey…"

Se acercó a ella y la beso en la mejilla.

—Es para vos.

Ayelén separó las solapas de la bolsa y fue sacando las prendas de a una.

"Es difícil de creer…

Creo que nunca lo podré saber…

Solo así yo te veré…

A través de mi persiana americana, eh…"

Lo vio dejar la computadora sobre uno de los sillo-nes individuales y recostarse sobre el de dos cuerpos que ella usaba para leer, con sus piernas cruzadas. La observaba con atención. Y yo no le sacaba el ojo a él.

Persiana Americana había dado paso a *Cuando Pase El Temblor*. Ayelén sostenía un vestido sencillo con la espalda al descubierto y triángulos de colores como estampado. Lo apoyó sobre su cuerpo y miró hacia abajo, luego a él. Su rostro le pareció indescifrable, una mezcla de disfrutar por complacerla, pero a la vez de burlarse. Dejó la prenda a un lado y fue sacando otras: una musculosa verde, un short blanco, una pollera negra a lunares blancos, un camisón violeta con tirantes y un amplio escote en V. Hacia el fondo había conjuntos de ropa interior envueltos en plástico transparente.

—Quiero verte con el rojo.

Ella le dirigió una mirada y asintió. Bueno, en realidad fui yo quien la hizo asentir. Desde hacía tres días tenía casi completo dominio de lo que Ayelén hacía, me obedecía sin resistencia. De esa manera, las cosas marchaban bien. Todo estaba bajo control.

"¿Qué otra cosa puedo hacer?...

Si no olvido, moriré…

Y otro crimen quedará…

Otro crimen quedará…

Sin resolver…"

Reconoció a Cerati en los parlantes. Volvió a guardar las prendas y tiró de la otra bolsa hacia sí sin entusiasmo, hasta con temor. Separó las solapas y asomó la vista adentro. Dos pares de sandalias bajas, pero debajo una caja que no identificó hasta que pudo sacarla de la bolsa. ¡Libros! Era uno de esos packs que venían en una caja de cinco lados con los lomos a la vista. Marrón, violeta, naranja, verde, azul, amarillo y celeste. Siete ejemplares de Jane Austen. Me encantaba verla feliz, y en ese momento lo estaba por completo. Era fácil complacerla, solo se requerían libros. Yo también amo leer, pero no soy tan conformista, quiero más.

Se acercó al sillón de dos cuerpos, por ser su lugar habitual, olvidando que él estaba recostado allí. Sentada en el borde, con él a su espalda, rompió el plástico transparente que envolvía el conjunto de libros. Los fue sacando y colocando sobre sus rodillas. Sintió que él le rodeaba la cintura y le mordisqueaba la oreja, pero eso no la distrajo. Mientras ella seguía pensando en los libros, yo los deposité en la mesa y me encargué de usar las manos y la boca para que él quedara complacido.

Capítulo 21°:

28 de Enero - Día 52

¿A partir de cuándo me empecé a hacer cargo de la situación yo? Estaba con los codos apoyados en la barra de madera de la cocina, moví el señalador a la siguiente página de *Orgullo y Prejuicio*, tomé el termo de aluminio y llené el mate. Rodié la barra, me apoyé sobre el borde de la mesada de cerámica y extendí el brazo hacia él.

—Esto es una mierda.

Me resultó gracioso escucharlo ofuscado y observar su rostro concentrado mientras agarraba el mate a tientas. Él estaba sentado en el piso entre las puertas abiertas del bajo mesada, las manos mojadas y las piezas de la cañería entre sus piernas.

—Aye…

—Jane.

Él levantó su vista hacia mí, pero yo ya había vuelto a la lectura. En realidad lo espiaba por debajo de *Orgullo y Prejuicio* que sostenía en alto. Su expresión se me antojó de curiosidad. Sonreí para mí misma, oculta, con el rostro entre las páginas.

—¿Qué querías?

El sonido metálico de la pico de loro usada como martillo me pareció una respuesta ingeniosa.

—Hay demasiado silencio.

Me levanté de la banqueta y caminé hasta la mesa baja entre los sillones donde descansaba la notebook que hacía varios minutos se había silenciado de golpe. Apreté una tecla y la pantalla volvió a tomar color con la página de YouTube saludándome. Acuclillada sobre las cerámicas imitación parquet, con las yemas de los dedos apoyados sobre las teclas me pregunté qué música poner. Un recuerdo de Ayelén de pequeña me trajo la respuesta.

Tenía cinco años, estaba sentada en una silla donde los pies no le llegaban al piso y con la mesa demasiado alta para comer en ella. Le hacía compañía a su abuelo mientras jugaba a las cartas en el club de al lado de la casa, ya que su abuela había salido a hacer las compras. Ella se sentía como una nena grande sentada allí. Recogía una carta y tiraba otra según la indicación de su abuelo, lo que le parecía por entonces una tarea demasiado importante. Allí el tango era la norma y Gardel acompañaba la timba.

"Por una cabeza…

de un noble potrillo…

que justo en la raya…

afloja al llegar,…"

Mientras yo ponía música, Ayelén estaba acurrucada en su nuevo espacio, enfrascada en la lectura de *Orgullo y Prejuicio*, aunque yo había cerrado el libro, ella continuaba recreando las imágenes de los capítulos anteriores. Era increíble cómo había cambiado, ahora estaba tranquila, no se preocupaba ni asustaba por nada, se quedaba allí sentada, sumida en los libros ya leídos. Yo a veces le hablaba, comentábamos los libros... ella me sonríe. Ahora es feliz.

"y que al regresar…

parece decir:

No olvides, hermano,…

vos sabes, no hay que jugar."

Capítulo 22°:

9 de Febrero - Día 64

¿Cómo era mi vida en ese entonces? Abrí los ojos al escuchar el tono de llamada de un celular. Moví los brazos sacándolos de entre las sábanas. Estaba hacia el centro de la cama de dos plazas, con las piernas estiradas y el camisón de satén rojo levantado por encima de la cadera. Me quedé mirando el teléfono sobre la mesa de luz. Táctil, color blanco, emitiendo una melodía desesperante. Lo vi a él salir del baño con el toallón atado a la cintura, rodear la cama, agarrar el aparato y llevárselo a la oreja.

—Decime.

Lo observé con interés, sin disimular.

—Sí, aún la tengo.

Me incorporé y me acerqué a él, que se había sentado sobre la cama. Le recorrí la espalda con la yema de los dedos y deposité mis labios en su nuca.

—Podría llegar por la noche.

Él dejó el teléfono sobre la mesa, se volvió hacia mí y me dio un beso en los labios.

—Tengo que salir.

Le hice una mueca de disgusto, pero no tuve la respuesta que deseaba.

—No te quedes todo el día en la cama.

Entré al baño, me desvestí dejando la ropa en el suelo. Agaché la cabeza en la pileta y me lavé el pelo. Me metí en la ducha y dejé que el agua golpeara mis hombros. Cuando salí me refregué el toallón por el cuerpo y luego la cabeza. Fui hasta la habitación desnuda, medio placard lo ocupaba mi ropa.

Al salir de la habitación, vi que la puerta que daba al pasillo tras la cocina estaba abierta. En silencio me serví el café recién hecho que había en la cafetera. Aún quedaba sobre la mesada una porción del bizcochuelo de vainilla y manzanas que había horneado la tarde anterior. Llevé la taza y el plato a la barra de madera, busqué un tenedor y una cuchara en el cajón de los cubiertos y me senté sobre la banqueta mirando hacia el living, hacia la luz natural que entraba por el ventanal tras el sillón.

Aún no había terminado de desayunar cuando él salió del pasillo y rodeó la cocina con una muchacha de mi edad, con las manos atadas a la espalda. Él la empujaba para que caminara y ella obedecía mientras las lágrimas surcaban su rostro. Noté que la chica me miraba implorante, y seguí comiendo indiferente. Luego de que él cerrara la puerta desde afuera, bebí el último sorbo de café.

Terminé el bizcochuelo y lavé el plato, la taza y los cubiertos. Noté al salir de la cocina que la puerta corrediza del pasillo había quedado abierta, me aproximé y la empujé para cerrarla. Volví a la habitación y tomé el libro de Jane Austen de la mesa de noche y me acomodé en la cama para leer mientras pasaban las horas.

Capítulo 23°:

10 de Febrero - Día 65

¿Qué aprendí de él? Estaba recostada en el sillón con el libro sobre las piernas, pero no podía concentrarme en la lectura. El mate descansaba sobre la mesa baja junto con la pava eléctrica, apenas si lo había cebado y el agua ya estaba fría. La noche anterior había estado dando vueltas en la cama, la última vez que había mirado el reloj eran la tres y a las cinco me despertó el canto de los gallos.

Me bañé recordando sus dientes mordisqueando mis pechos, su lengua recorriendo mi nuca, salí de la ducha más agotada que antes. Apenas si comí al mediodía, mastiqué una porción de tarta de la noche anterior mientras la sopa se cocinaba, pero esta quedó en la olla. Me recosté, contemplaba el techo del living y por momentos los ojos se me cerraban.

Desperté al sentir que una mano apretaba mis pechos. Él estaba sentado en el borde del sillón, al lado de mis piernas. Me sonrió al notar que me había despertado y apretó sus labios contra los míos. No respondí a su beso, pero lo dejé explorar mi cuerpo con las manos. Sentía su tacto áspero y como me desabrochaba el short para quitármelo. Me sentía aletargada y sólo deseaba volver a dormirme.

—¿No querés?

Me refregué los ojos con las manos. Por supuesto que quería, pasar la noche sin su cuerpo al lado mío había sido una mierda. No iba a perderme del placer por dormir un rato más. Yo no soy Ayelén. Ella sigue en su espacio, aislada y a salvo de la realidad que es muy débil para soportar. Y para disfrutarla. Siempre fue una ingenua, pero ahora nos llevamos bien. Se pega a mí cuando tomo un libro, y desaparece por completo en momentos como aquel. Para ambas es mejor así.

Correspondí a los labios que me reclamaban cuando él volvió a besarme. Sólo la ropa interior hacía de barrera entre nosotros. Me puse de pie y me la quité.

—Recostate.

Le saqué los bóxers. Me aseguré que estuviera preparado, le coloqué el preservativo que él me ofreció y me senté sobre sus caderas. Él me pasó las uñas por los costados de la cintura haciéndome cosquillas y me reí. Me dedicó una sonrisa mientras yo continuaba con los movimientos rítmicos.

Capítulo 24°:

12 de Febrero - Día 67 (por la tarde)

¿Él siguió llevando mujeres? "Azúcar impalpable, arándanos, huevos, vainillas", estaba haciendo una lista de ingredientes para que él comprara y poder probar algunas recetas de postres que había visto en internet, cuando escuché el motor de la camioneta. Puse la pava eléctrica a funcionar, saqué el mate de la alacena y la bombilla del cajón de los cubiertos, y comencé a prepararlo. Sobre la barra de madera había un paquete de galletitas hojaldradas que había estado comiendo, las saqué del paquete y las puse en un plato para no desperdiciar ni las migas.

Una joven gritaba a la vez que traspasaba la puerta a la fuerza. Él la tomaba del brazo con brusquedad mientras cerraba con llave desde dentro.

—¡Cállate de una vez!

Él arrojó a la chica al suelo y empezó a darle patadas en las costillas. Le extendí el mate cebado desde el otro lado de la barra. Él lo tomó mientras miraba a la muchacha hacerse un ovillo sobre el piso. Yo también la observaba. Tenía el pelo rojo con las raíces castañas bastante crecidas, llevaba un vestido celeste con flores y unas sandalias de plataforma negras. Una combinación asquerosa, hay que ver como se visten algunas flacas. Encima no dejaba de chillar, se merecía las patadas.

Recibí el mate de vuelta y lo volví a llenar para mí. Masticaba una galletita hojaldrada mientras veía como él hacía ponerse de pie a la chica y ambos se perdían al otro lado del pasillo tras la puerta corrediza. Bostecé tapándome la boca y atravesé el living quitándome la remera en dirección hacia la habitación. Llenar la bañera de hidromasaje me pareció una buena idea, seguro él querría bañarse también. Bañarse y seguro algo más, para olvidar los chillidos de esa infeliz. ¿Por qué todas son tan escandalosas? ¿Qué carajo tienen en la cabeza?

Menos mal que Ayelén nunca fue así, tenía muchos defectos, pero por suerte solía ser silenciosa la mayor parte del tiempo. Ahora está más tranquila incluso, ni una vez la escuche gritar, quejarse o llorar, es feliz en su espacio. Me gusta contemplarla cada tanto, e incluirla algunas veces en mis cosas.

Capítulo 25°:

12 de Febrero - Día 67 (por la noche)

¿Qué hacía con las cosas de las chicas que secuestraba? Saqué del horno la carne y papas asadas, la trocé y serví en los platos de vidrio. Él ya había puesto sobre la barra los cubiertos y servido dos copas de vino. El baño nos había sentado bien, aunque luego habíamos transpirado sobre la cama. Era un día de más de treinta grados y las sábanas terminaron dentro del lavarropas.

La carne estaba, desde el día anterior, condimentada en una bolsa en la heladera y las papas cortadas en un bol con agua desde la mañana, por lo que no me llevó tiempo preparar la cena. Normalmente cocinaba él, era muy bueno, pero no había soltado el teléfono desde hacía horas y yo moría de hambre.

Durante la tarde, me había quedado sentada en el piso observando el tambor del lavarropas girar los cuarenta y cinco minutos de lavado. Abstraída, no recuerdo pensando en qué. Él mientras tanto había estado hablando por teléfono, recién lo soltó como a las nueve.

Llevé los platos a la barra, luego de dejar en una esquina de la mesada una ración de papas y dos cucharadas de arroz, para que él le llevara a la chica de turno en la habitación de atrás.

Dejé que él me llenara la copa una tercera vez. A Ayelén nunca le había gustado el vino. Pero en los últimos días yo ya me había acostumbrado y mi paladar se iba afinando, él me explicaba las diferencias y como apreciar las diferentes cosechas. Me comentó algo de que de chico había vivido en un viñedo. No recuerdo bien qué fue lo que me dijo.

Lavé los platos mientras él llevaba la comida a través del pasillo. Estaba recostada en el sillón cuando él volvió y, luego de entrar por un momento en la habitación, abrió la puerta que daba al garaje. Me levanté y dejé el libro que acababa de terminar en la estantería, pero no tomé otro.

Me quedé mirando la puerta abierta. Él volvió a aparecer enseguida cargando con una cartera color violeta con lunares. Violeta con lunares, en serio. Es que no podía tener peor gusto esa mina, por favor. El detalle que le faltaba para parecer un payaso. Por lo menos ahora ya no estaba gritando, o, al menos, no se la escuchaba.

Él se sentó en el sillón de dos cuerpos y vació el contenido de la cartera sobre la mesa ratona. Yo estaba de pie a su espalda y me quedé observando el contenido: una caja de tintura, un neceser con maquillaje, una billetera con el dibujo de una mujer estilo pop-art, una llave suelta, una agenda pequeña y alargada, una birome negra, una botella de agua de plástico, un esmalte color celeste, una caja de tampones y otra de ibuevanol.

Él se levantó para agarrar de una esquina un tacho de metal y un encendedor de una cómoda junto a la pared. Volvió a sentarse, agarró la agenda y pasó las hojas haciendo algunas anotaciones en su celular. Luego la prendió fuego y la arrojó dentro del tacho. Continuó con la billetera, de la que fue sacando el documento y todas las tarjetas y dejándolas caer dentro del recipiente de metal.

El olor a plástico quemado se hacía a cada segundo más intenso. Fui hasta el ventanal y abrí uno de los lados para que se disipara el humo. Él se quedó observando el interior del recipiente hasta que todo se hubo destruido por completo.

—Me voy a dormir.

Supe ni bien escucharlo, por su tono de voz, que esa noche sería inútil intentar algo más. Lo vi atravesar la puerta y volví a mirar los objetos sobre la mesa. Sentía un cosquilleo en la punta de los dedos que no estaba segura bien que significaba. Le di la espalda al sillón y tomé un libro que aún no había leído de la estantería, que había aumentado considerablemente su caudal, y me metí en la habitación.

Capítulo 26°:

13 de Febrero - Día 68 (por la madrugada)

¿Sobre mi aspecto? Me senté en la cama. El reloj despertador digital marcaba las dos treinta, llevaba ya media hora con los ojos abiertos sin poder volver a dormirme. Me quedé contemplando un momento al hombre que dormía a mi lado. Estaba con el torso desnudo y la sábana a la altura de las rodillas. Le pasé los dedos por el hombro y el brazo trazando un recorrido. Él se giró quedando boca abajo y mi mano se posó sobre su espalda.

Puse los pies en el suelo y salí de la habitación. Prendí la luz del living y me quedé de pie junto a la mesa ratona. Todo estaba esparcido como él lo había dejado la noche anterior. Me arrodillé frente a la mesa, tomé la cartera y comencé a colocar las cosas dentro: el neceser de maquillaje, la caja de tintura y todo lo demás.

Fui hasta la cocina con la cartera al hombro. Abrí el segundo cajón de la alacena y tomé una tijera de metal, de esas de antaño. Volví a la habitación sin encender la luz y me deslicé dentro del baño. Una vez allí, dejé la cartera sobre la tapa del inodoro, coloqué la tintura roja sobre el estante del espejo y me trencé el pelo como tantas veces había visto hacer a Ayelén. Ella permanecía en su espacio, no le importaba lo que iba a hacer. Una vez atado, tome la tijera.

Capítulo 27°:

15 de Febrero - Día 70

¿Cuáles eran los pasatiempos de él? Estaba leyendo recostada en el sillón. La tarde anterior había ido a comprarme los ingredientes de la lista para la torta de arándanos que quería preparar siguiendo una receta de internet. También me había traído el libro de postres que estaba leyendo en ese momento.

"Arrabalera…

Como flor de enredadera…"

La voz de Tita Merello sonaba de fondo, saliendo desde la notebook sobre la barra de la cocina. Él me estaba dibujando con lápiz en un cuaderno de hojas lisas, yo lo sabía e intentaba permanecer lo más quieta posible. Me reía por dentro, parecía la escena de Titanic, solo que tenía la ropa puesta. Un poco bizarro, pero que más daba, él me pidió dibujarme mientras leía ¿qué le iba a decir? ¿Que no?

"Que creció en el callejón…

Arrabalera…"

Tomé la copa de vino que había apoyado sobre la mesa ratona y me la llevé a los labios, apenas girando el rostro. Cuando la deposité sobre el vidrio, el borde estaba manchado con el lápiz labial borgoña, que complementaba el pelo corto por los hombros de un rojo intenso.

Él no me había hecho comentarios sobre el cambio de apariencia, pero tras el almuerzo me pidió que me recostara en el sillón y posara para que me dibujara. Esperaba con ansias ver mi imagen remarcada en lápiz. Allí inmóvil se me ocurrió que podría pedirle que la próxima vez me dibujara desnuda sólo usando una pieza de joyería que tendría que comprarme. ¿A qué mujer no le gustan las joyas?

Capítulo 28°:

17 de Marzo - Día 100

¿Mi opinión sobre las chicas que él traía? Abrí la puerta corrediza oculta tras la cocina y avancé por el pasillo con las llaves golpeándome los dedos. Llevaba un plato de comida en la mano izquierda y una botella de agua bajo el brazo derecho.

Él se había marchado temprano por la mañana, iba a estar fuera cuatro días y me había pedido que me encargara de su "huésped". Lo miré con cara de pocos amigos, pero empezó por mordisquearme la nuca, a jugar con mis puntos más sensibles que por entonces conocía a la perfección. Cuando yo salí del sopor posterior al sexo, ya se había marchado. En ese momento ya no me importó hacerme cargo, es más, sentía un hormigueo en el estómago. Sé que es una frase re cliché, pero no soy Kafka, ni Borges, Cortázar, o Joyce. Jamás consideré ser escritora, ni Ayelén tampoco, que otros hagan el trabajo arduo y nosotras disfrutamos. Una vez ella había intentado hacer un relato, fue una bazofia. En su cabeza era genial, pero transcrito sobre el papel no se parecía en nada a lo que había pensado. Debe ser muy estresante, supongo. Yo me pongo de un pésimo humor si el bizcochuelo no sube lo suficiente o la salsa se agria, imagínate reescribir una y otra vez. No es para mí, me quedo solo con la lectura. Leer es… bueno Ayelén piensa que leer es volar. Nada, esas cosas absurdas e infantiles que piensa ella. Yo no le discuto. Es feliz cuando lee, no necesita nada más.

Me fui de tema, otra vez. A veces no me es posible evitar divagar. En fin, yo avanzaba por el pasillo de paredes descascaradas luego de haber encendido la luz. La única lamparita que había, que colgaba del techo del cable. El brillo de la luna se colaba por el ventanal del living, pero allí, en ese estrecho corredor, siempre era de noche. Coloqué la llave en la cerradura de la tercera puerta y la empujé con el hombro. La incandescencia de la lamparita se coló dentro y vi a la muchacha hecha un ovillo en un rincón. Dejé el plato y la botella en el suelo a un costado del colchón mugriento.

—Arriba.

El tono de mi voz en principio me fue ajeno. Ella me miró, pero no se movió.

—Que te levantes, ¿o querés cagar acá?

La chica se puso de pie apoyándose en las paredes, tenía moretones en los brazos y parecía ser tan joven como si aún estuviera en la secundaria. Me siguió en silencio por el pasillo hasta la puerta del baño, le abrí y la dejé pasar.

—No te tardes.

Esperé apoyada contra la pared, con la vista fija en las manchas de humedad del techo. Me volví cuando la joven salió al pasillo y se quedó mirando la puerta corrediza que daba a la cocina, que yo me había dejado abierta.

—¿Qué miras?

—¿Él no está? Podemos…

Había desesperación en su mirada. Estampé la palma abierta de mi mano contra su rostro haciendo que cayera al piso.

—Por favor.

El ruego desesperado y el lloriqueo me desagradó y socavó mi paciencia.

—Arriba.

La tomé del brazo presionando sobre uno de los moretones y la chica emitió un quejido lloroso.

—¡O me haces caso o le digo que te dé una paliza cuando vuelva!

La muchacha me miró, se puso de pie y caminó de vuelta hacia su habitación, conmigo detrás chasqueando los dedos para que se apurara. Cerré con llave y atravesé el pasillo con la rabia atragantada. Yo era la única que podía tener privilegios en esa casa.

Capítulo 29°:

18 de Marzo - Día 101

¿Qué pasó luego? Me levanté de la cama, estar sola por más de un día era extraño. No me agradaba, esperaba que no se repitiera a menudo. Prendí la cafetera y cuando terminó llené la taza de cerámica roja que hacía varios días era mi predilecta. Me senté en el sillón cruzando las piernas a lo indio y, mientras soplaba el café, miraba por encima la tapa del libro de la *Colección Robín Hood* sobre la mesa ratona, que aún no había comenzado a leer. Tomé un sorbo caliente y mi vista se dirigió a la puerta tras la cocina. Pasaron los minutos sin que hiciera más que soplar el contenido de la taza.

Me puse de pie dejando el café sobre la mesa ratona. Fui hasta la biblioteca de hierro y vidrio y pasé la mano por el lomo de los ejemplares hasta hallar, casi escondido, la biografía de Hemingway. Lo tomé y fui hacia la cómoda junto a la pared opuesta, saqué el encendedor del cajón, agarré el tacho de metal del piso y los llevé junto al sillón. Sostuve el libro de tapas verdes en alto mientras el encendedor hacía su trabajo y luego lo arrojé dentro del tacho. Lo observé arder por unos instantes.

Volví a sentarme con las piernas cruzadas en el centro del sillón de dos cuerpos. Tomé un sorbo de café y abrí el libro de tapas amarillas por la página del prólogo.

Epílogo:

9 de Diciembre - Día 2.192 (6 años)

¿Ayelén? Está bien. Ya no está asustada. Ella no se preocupa mucho por mí, pero no importa, yo soy la que tenía que cuidarla. Considero que lo hice bien. Quedó aislada, es verdad, pero no le importa, se siente segura así.

Yo le leo, y luego comentamos los libros. Ahora tenemos la colección completa de los libros Robin Hood, los 309 ejemplares. Y muchos otros más. Tenemos una biblioteca que va del piso al techo en las paredes a ambos lados de la ventana. Y una estantería también en la habitación. Él nos compró el Kindle y tenemos cuenta en Amazon, pero no es lo mismo. El olor a libro impreso, más el de los viejitos, es irremplazable.

Ah, también tenemos a Isabel. En dos meses cumple tres años. Se parece mucho a Ayelén y también le encanta que le lea.

E-mail:

jesicasabrinacanto@gmail.com

Web:

jesicasabrinacanto.wixsite.com/sitio

Facebook e Instagram:

Jesica Sabrina Canto